杨继良·著

桑榆琐记

中国财经出版传媒集团

经济科学出版社
Economic Science Press

图书在版编目（CIP）数据

桑榆琐记/杨继良著．—北京：经济科学出版社，2017.7
ISBN 978 – 7 – 5141 – 8123 – 4

Ⅰ．①桑… Ⅱ．①杨… Ⅲ．①杂文集 – 中国 – 当代
Ⅳ．①I267.1

中国版本图书馆 CIP 数据核字（2017）第 135006 号

责任编辑：周国强
责任校对：徐领柱
责任印制：邱　天

桑　榆　琐　记

杨继良　著

经济科学出版社出版、发行　新华书店经销
社址：北京市海淀区阜成路甲 28 号　邮编：100142
总编部电话：010 – 88191217　发行部电话：010 – 88191522
网址：www. esp. com. cn
电子邮件：esp@ esp. com. cn
天猫网店：经济科学出版社旗舰店
网址：http：//jjkxcbs. tmall. com
固安华明印业有限公司印装
880 × 1230　32 开　4. 125 印张　80000 字
2017 年 8 月第 1 版　2017 年 8 月第 1 次印刷
印数：001—800 册
ISBN 978 – 7 – 5141 – 8123 – 4　定价：29. 00 元

前　言

　　我一辈子从事会计教学，间或翻译一些得自美国的资料，投送国内的一些会计刊物。这样度过了大半个人生。1981 年，经上海社会科学院资深研究员（后任交大管理学院院长）杨锡山的推荐，获得去加拿大阜诗大学深造的机会，但因某人强力阻挠，未能成行。五年以后，我 55 岁了，才得以赴美国伯克利加州大学当访问学者三年，回国后又逢"一刀切"的退休制度，我只好再次去美国，攻读了一个硕士学位。得学位后，回到香港，去科技大学任教职；1996 年，为迎接回归，我开始讲授一门《中国会计》。讲了六年课，我已七十三岁，遂向香港科大辞职。此前一生主要时间，大半浪费了。

　　此后，我每年大约有三个月时间在国内的上海、北京、兰州、武汉、重庆等地讲课和探亲访友，其余时间回到美国陪伴老伴过日子。2009 年起，我承担了美国管理会计师协会（IMA）定期公布的教学用案例的翻译工作。2012 年

初，我八十一岁时有过一次"心脏直视手术"，那是一次
"驾鹤西去"半路折返的险行。那个翻译工作，原先每天占
我三四个小时，其后就逐渐减少；到 2016 年，管理会计师
协会同意把翻译的责任移交出去。在移交之前，我的一位
近亲鼓励我写一些三十年来美国见闻的短文。这样，撰写
那些杂感性的短文，逐渐成为我时间的主要内容。这是一
种消闲活动，有助于防止老年痴呆。

《滕王阁序》有"东隅已逝，桑榆非晚"，河南的郑州
在开封之西近八十公里。对我来讲，日出处阳光已衰弱，
但西边的郑州阳光还照着那里的桑榆。这本小册子收录了
上海国家会计学院委托岳旭琴编写的我的一段"口述历
史"，也收录了我的那些杂感短文。前者是我人生中的"东
隅"，后者只是夕阳尚在的"桑榆"。

我有一个电邮地址：jiliang_y@163.com。很希望能读到
批评意见。

目　录

留学生今昔

　　最近几年，中国留学生的组成起了很大变化。二〇一一年五月我曾根据美国《高等教育记事报》和在这里的浅薄见闻，就留学美国的中国学生近年增加很快等情况，给《大公园》写了一篇《留学美国》。最近有机会见到一位从事这方面工作的官员。他说：新一轮的留学生除了人数剧增外，一是年轻化，不但到美国读本科生的比例增加了，今年进美国中学念书的还达到六千人，为三年前的一百倍；二是自费的比例大了，完成学业后准备回国的也占了多数；三是这些留学生都比较活泼，有聚会时说来一个节目，就大方地表演各人的特长。这段闲谈中提到的情况，是我以前不知道的，引起我自省。

　　我于一九八五年来到美国。当时中国没有"富人"。政府资助的公费生，都是挑选出来的优秀人才。自费生则必须有美国公民的"经济担保"，必有"海外关系"，就像电视剧《北京人在纽约》中所描绘的，都需要自己打工谋求生活和支付学费，相当艰辛；因而还要有"闯天下"的劲头。后来，九十年代中期以后，国内大学的英语水平已经相当不错，申请去美国留学的多在研究生的资格考试 GRE 或 GMAT 中取得高分、获得美国大学的资助，否则签证这一关极难通过。在我的印象中，留学生就应该在语言或专业上有相当根基、能够吃得起苦；由于当年国内生活条件远不如美国，学成后往往不愿意回去。

改革开放以后，"先富起来"的一代人逐渐增多，留学生中"富二代"渐多。有些国家开始把教育办成一种产业。美国在这方面是落后了，到近年才激起直追。于是，成绩不是太好的，也比较容易取得签证。阿拉斯加大学有一位华人教授倡议与国内她的母校合作办一个"二＋二班"，即在国内读两年，把专业英语的基础打好，然后到美国读两年，中、美两个大学各授一个学士学位。这个班也收了二十多名学生，办了两年。但到第三年，却没有学生愿意到这个偏远地区来上学了；到气候比较好、比较发达的城市里的大学去继续后两年的课程的签证很容易获得。他们嫌这个地区太偏远。这个班遂无疾而终。

我和在加州的一个亲属谈起近年来的中国留学生。她显然因为对比自己在八十年代后期来美国后的艰辛生活，对"富二代"留学生有成见。前天，南加州大学有两位中国来的计算机系的研究生被杀，最初国内传来的报道，说他们开着"宝马车"，暗示生活奢侈。我有点纳闷：南加大是一所很好的大学，要当上计算机系的研究生，不是件容易的事，不像是纨绔子弟。后来才知道实际上他只是买了一辆二手车而已，可见原先的报道者，也抱有对"富二代"的成见。

中国第一批留学生是清政府选送一百二十名留美幼童，其中并没有达官豪门的后裔。二十世纪二十至三十年代，国人对外国知道得多了，一些比较富裕的家庭，纷纷把子女送出国；用现在的话来讲，也属"富二代"，学成后也都回国。原因之一是美国当时有反华法案，二是回国后都能谋得比较好的位置，何必滞留异乡。现在有许多"富二代"的家长盼望子女接管自己的企业，学成回国的比例也就大大提高了。这些孩子不需要依靠死读书考得高分谋求美国的奖学金，性格比较开朗、外向，这些都是和过去来美国的留学生的不同之处。

有一种顾虑是，这一批新的留学生中，学业无成的比例会比他们的前辈多。其实，二十至三十年代来的留学生中，有相当一批到美国住了两年，没有得到任何学位也回国了，称为"镀金"。我父辈有一批十二个来自上海的学生，最终获得硕士学位的，只有一人。"先富起来"者把他们的第二代送来留学，是件好事。这些"富二代"，至少在国外开了眼界，回去后于国于家都有好处。留学生人数大增，出的人才必相应增加。我以前对留学生中"富二代"的看法，很是片面，需要反省。

二〇一二年四月二十五日

从天使岛谈起

我出国前认识一对夫妇，丈夫是白人，"二战"时美国空军飞行员；妻子邓慈美博士，出生广东，襁褓时移居美国。她最近来信说，七月份趁美国国庆长假，邓氏家属四十五人，专程从美国各地到西海岸三藩（旧金山）市集合，访问天使岛，纪念先人移民的艰辛。这个岛在旧金山附近，称为"天使岛移民站"或"移民拘留所"，是一九一〇至一九四〇年间来自亚洲（当然主要是华人）的新移民的必经一站，华人在此被拘往往经年累月。五十多年前，她的父亲在这里被拘留四十天，母亲被拘一个星期。她说，真难想象当年华人是拥挤在难以插足的小室、如此可怕的伙食条件下活下来的。我知道，她父母始终不会讲英语；母亲勉强学了几句西班牙语，在加州经营一家主要招揽墨西哥移民的杂货铺；培养九个子女，却都有高学历。我初到时，在伯克利的加州大学当访问学者，她的一位也有博士学位的弟弟，专门为我请院长吃饭，希望能延长我的访问时间，盛情难忘。吃尽辛苦，但寄希望于给孩子们最好的教育，这是典型的华人目标。从美国一八四八年"淘金潮"开始，美国就制订各种专门对付中国人的歧视法规。一八五○年的矿工执照税法、一八五四年加州高等法院把中国人和黑人、印第安人归为一类。一八八二年，在美国经济不景气、失业严重的年份，通过《禁止输入中国劳工法案》，除官员、教师、学生、商人和旅行者外，一律禁止入境；已入境的华人，不得入籍。此法案到一九四三年才废止。天使岛拘留所于一九一○年开始运作，曾拘留在此的移民中，中国人占百分之七十。

美国的移民最初大多来自欧洲，十七世纪以后，主要通过纽约附近的爱丽思岛入境，手续比较简单，在岛上停留的时间从几小时到几天不等。要回答二十九个问题，包括姓名、职业和专长等，随身带来的钱财必须在十八美元以上。看来比从西海岸入境的，宽松得多。有病的，会被送入岛上的医院。大约有百分之二被拒入境者死在医院里。于是爱丽思岛也被称为"泪流之岛"、"心碎之岛"。出得拘留所，有一道木栅门，亲友在此等候、欢迎过得关来的新移民，被称为"亲吻站"，至此，才算是舒了口气。

随着连接太平洋与大西洋的巴拿马运河于一九一四年开通，原先从旧金山入境者，会绕道运河到纽约入境，爱丽思岛于是也拘留从亚洲来的移民。这两处移民站，分别于

一九五〇年和一九五四年关闭。爱丽思岛经填地后，现在成
为自由女神像的所在地。神像的艺术形象确实很感人。导游
说，初次进港者遥望这座高举火炬的神像，看到在一个自由、
民主国家的希望。这话从我这个历史上备受歧视的华人听来，
实在很有讽刺意味。邓女士父母含辛茹苦培育子女的故事，
使我想起自己的祖父，在一九二三年前后，抵押了唯一的财
产——自己的住宅，为取得美国教会奖学金的十七岁的长女
买了张头等舱位的船票，避免被送往岛上拘留。可见，把子
女的教育看成为家族的头等大事，必倾全力；凡是华人，无
论贫富，莫不如此。但如果不是自己的直系亲属在拘留站有
十分艰苦的遭遇，就不可能如邓女士一家人那样感同身受了。

在一八五〇年美国的"淘金潮"和其后美国和加拿大建
筑横跨全境的铁道中，大量华工来到这两个国家；即使通过
了移民审查这一关，前面还有不堪的虐待等着呢。这两个移
民国家都有过这样一段不光彩的历史，但是，人家不加讳饰
地保留、维持着这些遗址，供后人瞻仰，那也不能不说是深
沉的道歉。加拿大政府在上海用一千枚道钉串搭建成的纪念
碑，显示了忏悔和消灭种族歧视的决心。在这件事上，知耻
近乎勇，使我不能不对他们刮目相看。

二〇一二年九月五日

移民与学外语

我的大姑母一九二〇年代被教会选送到美国读大学，"文革"后访美参加母校毕业五十年聚会。回国后讲，一九四八年移居美国的二姑母，家居"只讲中国话、吃中国饭、只与中国朋友交往"。我后来探望二姑母，确实如此；只是那位姑夫有点不同。他只看英文报纸，而且讥笑有的中国朋友只看中文报纸，言下之意是那个朋友"素质"低了！我想，大姑母当年留美时，周围几乎没有中国人，只和老外打交道，因而认为在美国生活就应该讲英语。

按二〇〇六年美国人口普查统计，家庭年收入在三至六点二五万美元的，占百分之三十三。按另种一说法，把介乎上层社会和劳工阶级之间的人群定义为"中产阶级"，在这一模糊定义下的中产家庭数，少到百分之二十五，多到百分之六十。我们中国来的移民，即使按法定最低时薪七美元计算，双职工收入应该都在三万美元以上。如果以此为中产阶级的标准，在物质生活上是过得去了。但这第一代的移民，都不能算"融入"了美国"主流社会"。主要是文化、观点、生活习惯不同。上述二姑母的情况比较典型，虽然她中年后也在美国公司工作多年，但在生活上并不洋化；那位姑夫虽因政治偏见，只看英文报纸，但在家中也是只讲中文的。有一个值得注意的情况是，所有这些人都喜欢和中国人来往，少有美国"朋友"。例如，我们这里的朋友们聚餐，我没有见过有讲一句英语的，虽然几乎全部都在美国人的公司或机构里工作。

讲中文亲切、自如，我和老婆在美二十多年，家居只讲上海话、不带一个英文字。第一代移民尽管能在美国公司里混饭吃，但一路走来，相当艰辛。语言障碍是"玻璃天花板"的基本原因。看到在美国出生或长大的下一代和美国孩子混在一起，孩子们浑然不觉自己是炎黄子孙，父母觉得他们入乡随俗、理所当然。即使家中还讲中文，也曾送中文学校学过一段，但必定逐渐放弃。我有一位新加坡来美的华裔教授朋友，洗手间里居然只有线装书，必是如厕时看的。他说孩子学中文没有实用价值：中文太难，不能用来发表论文，岂非浪费。这是大实话，即使在中国，在国外发表的著作在评级时的"含金量"不也被高估得多吗。

前年暑假，我们这个小地方有一位刚从大学毕业准备去中国学汉语的美国青年，每周两次来我家，闲谈了解中国情况。去年他从哈尔滨给我写了封中文信，文句流利，使我大吃一惊，必是发奋苦学的结果。今年初，当地大学一位女学生，要求我帮助联系贵州大学，准备先学中文，将来研究苗族问题。近来听说前者已受雇于国务院，后者也获得了美国旨在促进国际交流的富布莱特奖学金。这两位都是地道的白人。回想我的那个三岁随母亲来美的堂弟，在家跟父母讲上海话。改革开放初期他工作的那家公司突然提拔他主持对华贸易，去了一趟北京，回来就被炒了。他是虚有其表，虽然父母都是中国人，自己也在名牌大学有硕士学位，但听不懂普通话，更不识中国字。近来，美国对中国有点刮目相看了，总统说四年内要派十万人到中国学中文。令人不禁想到，我们这些第一代的移民，当初并没有想到灌输第二代学习中文的潜在优势，实在是有些短见了。已经会讲话，要学会文字，必事半功倍也。可惜了！

我想，移民第一代不能融入美国社会，是难免的。让第二代在"脱胎换骨"的同时，利用优势兼学汉文，就有远见了。香港回归祖国前后，我曾在香港任教十年。回归前香港大学生似乎不屑学普通话，九七年开始学讲普通话。他们的英语比内地学生强，但文字功夫太差，也是可惜。上面讲的例子，也许可供参考吧。

二〇一〇年七月十九日

食宿困难和警车伺候

一九八五年加州大学伯克利管理学院邀我为访问学者。那时的自费生，取得亲属的经济担保来到美国后，都靠非法打工谋生。如果做的是照看老人或孩子、做饭、家庭保洁等白人不肯干的工作，移民局是眼开眼闭的。在这段艰难日子中，一次偶然的事，使我摆脱了食宿困难，还有一次被警车伺候。这两件事常萦萦在念。

摆脱食宿困难

我的经济担保人是姑母。我按中国人的老传统，想姑母住处宽敞，既然作了担保，并说她会来接机，总可以住在她家吧。绝大多数自费生，对寄人篱下都暗暗期盼。在出国前向亲戚辞行时，表妹夫突然问我，打算在姑母家住多久。他接着说，"你不可以超过一个星期，顶多十天"！我瞠目不知所对：我的食宿问题怎么办呢。

姑母和我的关系有点特殊。她的前夫对我颇有好感。解放前夕他们全家移居美国后，曾对姑母说，有朝一日他们家情况好一些，应该帮助我来美国。姑夫去世后，姑母再嫁的一位陈先生，脾气古怪。

到姑母家大约五天后，姑母找我谈话，说陈天天找岔，不能相处了。正好，马路对面有一位八十多岁的老太太，独居一栋楼，想找一个像我这样的房客；如果有什么意外，至少有个可以帮助打电话的人。房租二百美元。姑母说她愿意付这个房租和我的生活费。支持我半年（学校原先给的访问学者期限）。我当然很感激。表妹夫当初的告诫真是有先见之明。

其实，这样的安排，并不可以完全归罪于陈先生的脾气。这主要是两种文化的差别，加上当年大部分自费生，没有钱，也不能就业，都有相同的期望和经历。电视剧《北京人在纽约》描写担保人的举动，我们当年会觉得太寡情；今天"易位思考"，就合情合理了。

在老太家住了两个星期，有一天公共汽车上一位老头坐到我旁边，说他住在姑母家对面，也就是那位老太旁边的小楼内。下车后他邀我到附近的小店吃冰淇淋，告诉我说那个老太收二百元，太贵了。他家有空余的客房，条件要好得多，只收一百五，坚持让我去看。我想，给姑母省一点，也是好的，就搬了过去。

　　老头出生于一九〇〇年，"一战"时入伍，成了退伍军人。膝下两个女儿，住在邻近的县市。知道我完全依靠姑母补贴，他建议说，以后姑母给他付一百五拾元时，他愿意从中扣出五十给我零用，此事"你知我知"。这当然完全出于善意，但我实在不敢收下。我在美国一切全靠姑母，如果让她知道我私下做这样的事，那我就得"卷铺盖"回国了。我只能对姑母据实以告，她付房租时面谢了他的帮助。

　　过不多久，他过去的老板来访，劝老头说，他有工作和部队双份养老金，又有这样一栋房子，要收我这一百元房租干什么呀，有个万一，还指望我相助呢。从此，他不再收房租，给我白住了。

　　好景不长，大约半年后，他中风去世，是我打电话叫的救护车。他的女儿说，这房子要卖是需要时间的；让我继续白住着，如果卖掉，她会要求在半年后交房子，那时我在伯克利的访问也结束了。我当然非常高兴。

　　这段对话的第二天，突然接到一位老太太的电话。她说知道老头死了，他们参加同一个中产阶级的俱乐部，听老头说起过我，她要见我。这位老太太当时已经九十六岁，和一位近三十岁的女管家住一幢豪宅。她家有过两次盗窃，其中一次还面对面强索财物，所以需要一个"男人"壮胆。她供一套房间，外加伙食（由女管家准备食物）；条件是我每天晚上七点回来，和她们共进晚餐。这使我特别感激老头在俱乐部宣传过我这个"年青的中国人"诚实可靠。

我当即欣然接受。搬去一个多星期，老太太的女儿罗伊来访。女儿走后，老太太找我谈话，劈面就说罗伊不同意那个"白吃白住"约定！使我一惊。接着，她笑着说，如果只是"免费"，我不会有责任心。"罗伊说，应该在供给吃住之外，每月付给你二百元"。

生活无虞了，使我"访问学者"的身份能延到了三年的极限，最后定居于斯。斗转星移。近年我知道一对上海老夫妻需要一个人住在他们家中，供给独立的房间，只要求做一次饭一起吃。我说可以试着从在学的大学生中找；另有一位从上海考出去留学的，我也居然建议她找一份类似我的"工作"。这都是沿用自己的老经验，被我老婆奚落了一番；说我莫非是"脑子进水"了，说如今的大学生岂肯屈就。

我当年实际上只是做出了"诚实"的牌子，正好提供了老年人需要的服务。这样的服务是白人青年，也是如今的中国青年所不屑一顾的。

被警车伺候

我从报纸广告找到一份帮助一位半瘫痪的老人起床、洗澡的工作。每天三小时，早上六到九点，每小时七美元。实际必要的时间只是一个小时，他们付多了，否则找不到人。
多余的时间，帮助浇花、洗汽车等。女主人另外找一个上海
姑娘小吴整理她的房间、准备早饭。这样我每个月有六百元
收入，相当于当年中国公派留学生四百元生活费的一倍半。
我和老头还有很多讲英语的机会，他对中国的情况，问长问
短，相处融洽；女主人则抱居高临下、美国白人当年对有色
人种的惯常态度。

突然，有一天我帮助老人起床后，警车声大作，三辆警
车停在门口，下来七八个彪形大汉。两个像是"负责人"的
警员进门和女主人联系后，找我谈话。原来女主人报的警，
说她的一些首饰被盗窃，作案人应该就是我了。这简直是晴
天霹雳。

现在回忆起来，我当时必定是不做贼心也虚，相当嗫嚅。
要知道，我是在面对"专政机构公检法"呀。我不持有工作
许可，是不是也算是"非法打工"，如果细究，会不会被遣返
呢？惴惴不安。警员表情严肃，问我受过什么教育，有没有
合法签证。我拿出加州大学伯克利管理学院发的身份证，上
面写明我被授予"副研究员"的荣誉职称。他给另外一位警
员"传阅"，递了个眼色。我还在喋喋不休地解释因为没有资
助、听说家庭工并不算违法……，他已站起身来，微微欠身
说"对不起，打扰了"。谈话不到五分钟就结束，他们找女主

人交待后匆匆离去。

当年的中国，"昔非今比"。家里如果丢了东西，矛头自然先指向"操贱业"的我们。警察局对付华人劳工的方式也较粗糙。在两个警员跟我谈话时，小吴为我担心，问女主人会如何处理，她幸灾乐祸、不屑地回答说"遣返回中国"！

第二天，女主人对我的态度就开始转变，必是来访的警员已有交待：她的报警没有根据。其实，在当天三辆警车开走后，那位男主人就含泪对我说，此事他不知情，他相信我是无辜的，坚持说要亲笔写一封道歉信。吃过早饭，他抖抖索索地写了那封信，郑重地签上字。

我按从国内带来的传统思维，乍和外国"专政机关"打交道，继续惶恐了两天。一位早一年移民来的中国青年朋友在电话中再三告诫说，美国是一个法治国家，要定案必须有确凿证据。"这是件死无对证的事。即使真是你拿了，他们没有证据，也奈何你不得。千万不能用国内'坦白从宽'的观点，假坦白，自己无限上纲但求宽恕呀，千万千万！"我又仔细分析自己的行动细节：我只管伺候老头，他和女主人不但分两个卧室，而且浴室也是分开的。我从来没有进入过她的卧室，她要栽赃也没有证据。女主人似乎也在改变态度，于是逐渐放下心来。

我对女主人当然怀恨在心。有一天我在园子里浇水，趁她开门进入园子时，突然把水龙头对准她走过来的方向射去，浇她一身，引来"哇哇"大叫。我假意说"真对不起，对不起"。她进屋对小吴说，这明明是故意的。但她不可能另外找人来替我，更何况老头对我深感抱歉，我俩感情很好。他退休前开了一家鞋铺，相当于一个小业主。死的那天我为他遮上白布。

二〇一一年十二月

（此文获《美国世界日报》"北美留学故事"征文佳作奖）

如是我闻

　　人们对美国最深刻的印象，是那里的生活富裕和民主自由。我自己在来美国之初，也这样想。日子久了，从所见所闻，觉得这并不全面。

　　美国是个非常富裕的国家。这种想法，在改革开放之初，开始对外有接触时就有了。后来亲来美国，旧金山总领事馆，请留学生和访问学者自助餐，庆祝国庆。也许是因为使用"肉票"的记忆犹新，觉得菜肴特别丰富。那时加大伯克利一共只有三百名学生和访问学者，看年轻人翩翩起舞，笑得如此灿烂，觉得自己能插身其间，幸福极了。我马上联想到《圣经》里形容的一个"流着奶和蜜的地方"，美国应该当之无愧了吧。

　　我的担保人两口子住的那栋楼有四百平方公尺的面积。整条马路两旁排各种颜色、各种设计的"别墅"，真是美极了。我那时天真地想，"人间天堂"也不过如此吧。后来才知道，这是个富人区，居民绝大多数是白人，居然有人花钱在这条街租一个信箱,在信封上炫耀一下所"住"的区域。

有钱是好,但打工攒钱很辛苦,那时美元的币值很高,大约一天的艰辛打工所得,相当于我在国内一个月的工资。以至于我们这些访问学者(包括我自己)很愿意"屈尊"做钟点工。而且因为自己没有工作许可,情愿接受低过于法定的最低工资(这样剥削我们的雇主多华裔),在限定的时间内,少去或者不去"访问学习"。这种情况大约一直延续到九十年代中期。辛苦劳动使我们体会到美国的生活确实比国内好得多,但钱也并不唾手可得。

我们期望,努力几年,拿到学位,找份"白领"工作,生活很快就会变好;周围的朋友(包括自己)都是这样过来的。因此我们都不接触底层社会,很少关心美国也有生活过得很不堪的穷人。其实不是取得正常签证的外国人,即所谓"偷渡者",就会相当艰难。有一次美国的电视台播出一段偷渡过来的福建人生活得很悲惨的节目,可谓不忍卒睹。听在福建工作的亲属讲,当地有一个著名的蛇头,居然建立信誉,凡偷渡失败者,原先付给的偷渡费用全数退还,福建贫民趋之若鹜。两年前在多伦多见到一个给水果店出体力的国人,他说来自福建。再问工作和收入情况,他露出"不堪一提"的无奈表情,不再谈下去了。来自拉丁美洲的偷渡客,处境和福建客相似,全都是非法在此居住。没有"最低工资"

一说，只能忍受残酷的剥削，在农场作劳工，每小时仅给一美元（有说最不堪的居然每天只给两元）。同样是有色人种的黑人，因为是公民，有了困难还可以找政府接济，处境大不相同。

既然来者非法入境，雇主又不遵守最低工资的规定，美国政府还时不时地做出"严打"的姿态，怎么会禁止不了呢。其实，这是我们所说的阶级矛盾所使然的。"劳动人民"主张打击偷渡客，以保护自己的就业，但地主、资本家则把偷渡者作为摇钱树。前一段时期各地的"制衣厂"（主要雇用华人）农业工人（雇用拉丁美洲人），尤其如此。农业工离不开手工操作（例如摘西红柿、豆角）。代表有产者的共和党会反对严打，也就不足为奇了。幸而我们中国人和拉丁美洲人的文化大不相同：我们这一代无论怎样苦，一定全力培养孩子受良好教育，有个盼头；他们多抱"过一天是一天"的人生哲学。

要和我们改革开放前相比，美国确实自由得多，也民主。过去挨过整的知识分子，到此尤其感触。但仔细想想，说起来是"一人一票"选总统，实际并不是我们想象的"普选"。例如，我们那个州的共和党向来居优势，我投票与否，起不了任何影响，所以就懒得参加。在民主党占压倒优势的州，他们也有"投不投票一回事"的情绪。再说，一些重大的决策，在执行当时美国国内的反对议论是很少的。例如，在格林斯潘负责联邦储备局的十八年中，逐渐地把利息降到了零，目的显然要把老百姓的钱全都"驱"去股市和房产，造成经济繁荣的假象，最终形成这次的经济危机；这也是一个简单的"司马昭之心"。另外，打仗很费钱，当年小布什在电视中夸口说美国的经济很扎实，可以同时打三个战争的话，言犹在耳。这也是没有民主讨论的余地的。美国的新闻业在这些方面都不会提出意见，可见民主也是有一定范围的。我也认为不可以完全放开。

二〇一三年一月十一日

回美国首日感触

这个题目不妥帖。我还是认为中国才是自己的祖国，美国只是我现在居住的地方，虽然"定居"在这里已经二十多年，究竟"回"的是中国还是美国，说不清；但到了美国，有了"自有"的住处，总之是强烈地感觉到换了个地方，有很多感触。

我每年去中国，兼有讲课和在几个城市探亲访友的任务，时间近三个月；这是我退休后重要的生活内容和乐趣。离开中国，在疲惫不堪的飞行途中，脑中还充斥着青年学子的热情和自己没有能备好课的自责。从重庆到宁、沪、京，到处都是新的建筑，老外们也许会觉得惊讶，我却深感我们的母亲大地，因子孙过于繁衍，不胜重负了。

欣慰的是，沿海大城市青年人面向世界的趋势远非我二十六年前初次去美国时所能比拟，能操纯正发音英语的青年人（包括一些中年的官员）越来越多，而这个趋势一直伸展到山城重庆。中国内地正在融入世界。这四个城市出租车司机大多来自郊县，他们异口同声地说，周围的中年同龄人都只有一个孩子，都准备在退休后过拿养老金的生活，人口问题终于能见到曙光了。

还在上班的老伴，也刚从中国探亲两个星期回来，屋里摊放着许多她带回来、准备送给老外同事的小礼品：少不了的传统小工艺品（丝绸围巾、小摆设）；有一堆为她自己准备的自幼喜爱、我们这个边陲小城里买不到的零食，它们不但美味，而且引起许多对故乡的怀念；另外还有一堆特地去书店采购的汉语教学用的书籍。

她在去上海之前，还说准备辞去在那个当地"中文学校"的义务性教职；看来最近一位学员给学校去的表扬信，又使她改变主意了吧。我自己得意的是买到严复的译作和于右任的《标准草书》；我的学生还帮助采购了近十部电视剧碟片。在上海时，一位出生新加坡、在香港大学任教的华裔教授，谈到那部《不如跳舞》电视剧；也谈到运筹学教授的华裔丈夫，最近退休，开始做他最喜爱的事：研究西藏的历史，可见即使从上一代已经远离故土，而且毕生只是旅游才去中国内地，眷恋故土之情之深了，更何况我们生于斯、长于斯的这一代呢！我们来美国二三十年中，开始的时候，会从中国带毛衣甚至西装，因为要便宜得多，自己也实在穷。大约十五年前，这里有的超市开始有一堆中国货，主要是便宜的袜子、运动鞋，走近时我们会自嘲地说"这就又回到祖国了"。现在大不相同。老伴回国前为亲友挑选的小礼品，居然找不到不是中国产的了。无奈，只能买点烤制的三文鱼干，充作"土特产"；另外就是各种"营养滋补品"。我回中国前，对我的学生说，这里的电子产品便宜，质量也好。她的回答出乎意料：中国同样也有，价格也便宜；但也合乎事实——美国商店里大小电子产品，实际上都"中国制造"。

我们以五千年文化自傲，但也实在是不堪历史的重负。从污染到社会道德，待改进的大事太多。电视剧《建国大业》中李鸿章对孙中山说，中国的事，需要另外一代来解决。其实三五代也解决不了。行文至此，不禁热泪盈眶，但毫不伤感。

二〇一一年十一月二十三日

我在美国打工

写下这个题目，顿时觉得无从落笔。"工人阶级"这四个字在中国几乎天天用，没有可以犹豫之处。但说自己"属于"美国工人阶级的一员，却颇感为难了。这里面有许多会引起争论的理论问题，我没有资格、也并无意卷入这种讨论。但我确实加入过美国食品杂货（grocery）业的一个工会分会组织，缴过会费，无疑可以如此自许。

二十年前，我曾在北美店面面积最大的一家超市分店"打工"。这是个有工会组织的店，不加入工会就不能在店里工作。当然要缴纳会费；但工会每年与资方谈判工资增长幅度，保证各项福利的实现，还规定资方裁减人员必须按工龄短长为先后顺序。这就增加了安全感，所以很值。

糕点部有六十名工人，包括制作油炸面圈、小松饼、百吉饼、面包、蛋糕等等，数量可观。为保持产品新鲜的信誉，前三种必须当天出售；如有剩余，要装盒、以低于五分之一的价格在关门前贱卖；再有多余的，由老人院或穷人庇护所来取走，也算善举。我做"新工人"时，被分配做关门前的那个班次，除了拖洗地板外，还要忙上述装盒子的事。时间紧，很累人。同一班的还有三个白人妇女。她们很关照我这个外国老人。

晚上十点左右，部门经理走了。我们就该忙上述那些"收尾"的事了。拖洗地板总是我的事，她们就忙装盒子。拖完地，她们就把我支开，去查明经理是不是真走了。待我从停车场绕一转回来，确信经理已经把她的车开走，她们已经奇迹似地把一大堆需要装盒的全都装好。经理既然走了，我们四个就轻松一下，居然坐下闲聊，这是白天所享受不到的。

后来，不再把我支开，叫我一起装盒；完成了三分之一，就告诉我：其余不必再装，全部倒进几个垃圾袋，趁没有人注意，赶快放上推车；她指着一扇门说，那里有一个"垃圾粉碎机"，把满装食品的垃圾袋推进去，按下按钮，就全部"毁尸灭迹"啦。原来，这就是她们工作效率高的窍门。我这个中国老头，经过半个多月的考验，终于取得了她们的信任。

这我就纳闷了："粮食是宝中之宝"，既然倒掉这么多还有许多可供作善举之需，天天如此，何不白天制作的时候少做一点呢，真是"罪过"！这个谜，很快就解开了：我们的糕点师傅是个从苏联新来的移民，一家六口都靠他八小时的劳作生活，这位历史学博士和我的共同语言很多，感情融洽。如果店里只需要他做四小时，生活必有困难。那三个白人妇女，也必是出于同样的感情而采取"高高挂起"态度的。

每到月末，经理必盘点所有的物料存货，从我这个老会计师的职业常识判断，必是因为店里对糕点部的成本有考核。

但这个考核和我们工人毫无关系。我们按小时拿工资，部门的奖金归经理。

所以在国内教科书上看到的所谓成本考核、利润业绩之类的"美国经验"，其实只对经理们适用，和工人完全不相干。后来，我和一位同班（MBA）同学谈起这件事，说我们中国在计划经济下就已经努力发动全体工人的节约积极性，并且举出上述例子，说自己对美国人的做法不解。他瞪大眼睛看着我，说"是吗"？觉得中国的事不可理喻吧。

不久前，美国电视台播出对沃尔玛超市一把手的访谈。这家超市在中国的连锁店宣传他们鼓励工会组织。然而，这家超市在美国各分店是不允许员工组织工会的。

实际上在美国资方与工会常势不两立、"有我没你"，当然是因为工会不会给老板带来利润。在记者锐利的质问下，一把手断然回答说，因为我们把全公司视为一个大家庭，家人之间"亲和无间"。即使偶有矛盾，不劳外人（工会）干预！

　　这句话使我回忆起当年美国同学睁大眼睛瞪着我，必是觉得我这个已经当了多年访问学者和研究生的中国老头子，实在太无知了。

二〇一一年十一月十三日

外孙女的成长

我"自费公派"去美国的次年，女儿也去了，给人家看孩子，打工求学。六年后，她小学五年级的女儿安也去了美国。在班级里算术第一，语言当然不行。一年以后，和同学已打成一片，但算术的优势逐渐失去。当时，我和女儿都没有工作许可，靠做家庭工，挣扎谋生，对安的照料很不够。近来看到一位号称"老虎"的华人母亲对两个女儿的悉心教养，我们实在也没有这个条件。我和女儿所住的城市，相隔飞机航程七个小时，对安顶多也只在电话里顺便问一句，谈不到尽外公的任何责任。

安读初中三年级的时候，邻座一个曾经辍学的女孩子，课余到披萨店打工，手头宽余，买了一辆二手车。上学只是挂个号，生活惬意得很，令安很羡慕。近朱者赤，安逐渐脱离了中国人"读书谋求前途"的传统，融入了美国中下层群众的潮流。高中毕业后，文化课勉强及格可以进入大学，同时美国孩子那种急功近利、希望独立生活的愿望也变得非常

宽进严出

　　内地父母望子成龙、拔苗助长；学校和老师趋于商业化，加以高考也存在一些弊端。于是有人说美国的学制宽进严出，可取。在凤凰卫视的谈话节目中，屡次出现这样的说法，以讹传讹，有点误导。

　　美国的学校，也有严进得很的，例如常春藤学校，而且学费十分昂贵，当然把许多穷学生排除在外了。可见，美国的学校未必一律宽进。

　　同时，更有宽出得很的学校。我到美国后，就知道加州伯克利市的阿姆斯特朗大学。这所私立学校的教学很宽松，与同在一市的公立的加大伯克利不可同日而语。近来看到报道，前者就是赠送名誉博士学位给中国一位名演员的那所学校，现在已经关门。我当年给三位年轻人办来美签证用的入学通知，都找的是这一家，因为他们只需要付几十美元，并不要求托福成绩，可说是宽到了没有边的程度。当然，来了以后，物非所值，三人都转去语言学校，同时打工，积蓄点钱再去真正的大学深造了。这种宽进的大学，都只是"学店"。

美国政府对大学颁发学位有认证制度，经过若干年，还组织学界互相复查，比较严格。但即使通不过认证，也照样在颁发学位，这属于学校与学生双方自愿的事，政府不干预。几年前，美国有线广播公司有一档节目，调查访问一家叫汉弥尔登的"大学"。这所大学没有教室，只有一间办公室、三位办事人员，管收费、登记。他们倒也直言不讳，说收费若干（似乎是两三万美元吧），就把"学生"交给类似我国的"博导"，并有三五位外聘的"正牌"教授，"审查"论文，正式签字通过后，才"颁发"博士学位。访问以后，这家大学一定仍然营业如故。买卖双方都自愿，属于市场商业行为。

我觉得，严进宽出，大学毕业生至少能保证中学毕业的水平。如果宽进宽出，那就不堪设想了。这次我回国在飞机上与一位底特律的华人为邻。她说一家在国内颇有地位的大学，和底特律的一家"很烂"的"大学"合作办"双学位"。"这个美国学校很烂，我住在底特律十来年，从没听说过，后来才知道，它就在我家旁边，步行五分钟。"

上述现象未必是商业化的必然结果。美国私立学校中不乏质量很好的，他们不愁生源，供中产以上阶级的子女就学。家境差一些的，可以申请奖学金，一百年来也为中国培养了不少优秀人才。公立学校依靠政府拨款，似乎不商业化。但政府拨款数目与在学的学生数挂钩，如果对学生刻意"严出"，也有可能赶走学生。我居住地的大学是公立的，"进"得很宽：高中毕业生进大学的"学术能力评估测试（SAT）"不及格（华人子弟中没有听说通不过的）也可以进，进来后再补一些课。"有教无类"是好，但却未必"严出"了。这所大学的毕业率在六年内获得学士学位的，只有百分之二十。学校领导也是需要"政绩"的，在经济不景气的年代，这个毕业率一定会给他们带来"两难"的压力。"宽进严出"，谈何容易。

二〇一一年十一月九日

上海第一

　　最近，一个国际组织对六十五个国家和地区十五岁学生的数学、科学和语文作了一次调查，调查的结果，成为近来美国人讨论的热点。因为上海居第一，新加坡第二，美国处于中流——第二十四位。这对于这个唯一的超级大国，当然很失面子。一些新闻社和报纸，把这件事比作一九五七年苏联人造卫星（Sputnik）上天。还说，具讽刺意味的是，现在的美国学生多数不知 Sputnik 这个字是什么意思。那天，此地有一个华人庆祝圣诞的集会，遇到一位新加坡华裔女士和她在此当教授的澳大利亚丈夫。妻子在中学里当数学教员，新加坡的数学教育很好，她于是滔滔不绝地埋怨美国中学里数学教育简直莫名其妙——"你想，从小学开始，从算术到代数，居然都没有要求学生做'应用题'。不做应用题，怎么学得会！"

　　前些天我们当地的报纸，刊登了美联社的一篇专评《错在学生家长》，另外全文转载了堪萨斯州报纸上的专栏文章《教育报告称美国又落在后面了》，附上一幅占四分之一版面的漫画《孩子们》：左边一个美国孩子，脑子里装的是"名流人物""发手机短信""用户发到 Twitter 网络上的信息""视频游戏""脸谱网""文身""废物"；而右边一个中国孩子，脑袋里则充斥着"数学""科学""金融""技术""语言""研究与开发"。使我觉得这是对中国过誉了，同时也感慨得很。教育出了问题，家长、学校还包括政府，都难辞其咎。中国传统文化认为，"子不教，父之过；教不严，师之惰"。中国当前在教育上的问题，也是够多的；对于批评美国人，我没有什么兴趣。倒是常听对美国一知半解的国人说，小学生不应该有家庭作业，美国的孩子上课可以不听讲、下课没有作业，所以能够开发孩子的创造力。而在我看来，美国的家庭松散，对下一代的培养，是个灾难；美国的科学技术比中国高超，需要跟他们好好学；但要说修身、齐家、治国，也许需要反省自己的优缺点，不能盲目"破四旧"、崇拜美国。

后记：二〇一四年三月，英国教育部门为在中小学数学教育上急起直追，赴上海考察，聘请几十位上海优秀的数学老师到英国任教，还准备派送英国老师去上海访问学习。这是一种"近乎勇"的举动。美国仍然是"世界第一"，耻于下问的。

二〇一〇年十二月二十九日

六十年风水轮流转

这句老话又有一说，"三十年河东，三十年河西"。我们日常交谈中，往往用于描绘一个家庭或家族在财力上的变迁，兴叹世事多变。随着自己老去，我逐渐认识到其实不只是一家的变迁，更多的是社会演变规律。

前天和四十年代中学同学、现居旧金山的 Z 君电话长谈。我们当年在上海南洋模范中学读书，这个中学相当于交大的预备班，数理化水平确实非同寻常。他一向在前三名，我则极难跟上。但都毕生坎坷，历次运动在劫难逃，后来都到美国谋生。但少年时的一个信仰依然坚持，那就是"学好数理化，走遍天下都不怕"。

他有二子一女。在"文化大革命"动乱年代，他坚持倾力给孩子们"吃小灶"。二十世纪八十年代子女都以高分，获得美国大学的奖学金，其中一个儿子在哥伦比亚、另一个在麻省理工，得了理工科博士、硕士，圆了老子的梦。电话中，他说自己有两个遗憾，一是子女虽然都是工程师、科学家的料子，但现在都成了商人，在跟中国做生意。二是一个儿媳妇是洋人，第三代被送到富家子弟的学校念书。他说，匪夷所思的是，那个学校居然不要求小学生背乘法口诀、不布置家庭作业。学生的课外活动有两项，一是各家轮流开派对，二是上山滑雪。老夫妻俩纳闷：将来干什么呢？这样教育出来的人，头脑灵活、能说会道，"大概擅长做推销员"，这确实也是能来钱的职业，孩子的父辈不就是弃科技而就商了么。

风水轮回，更多的是社会风尚的转变。三十年指一代。第一代发奋创业，第二代常骄奢淫逸，第三代更甚，以至于"君子之泽，五世而斩"，世袭贵族的荣华富贵，延续不过百年。Z君"同学年少"的当年，我们都相信个人成功之道在于学好数理化，科技救国、实业兴家。当年美国也确实出了几代卓越的科学家、工程师。当然这是很辛苦的职业，需要有专业的献身精神。如果只是为了赚钱，不如挟资本以从商。我有一个侄女，到美国得了个 IT 的硕士，在世界第一的软件公司担任高级程序师，觉得实在太辛苦，想进个常春藤名校得个 MBA。这实际上并非为了求学问，而是建立一个同学联系网，享受高薪而又可以少费脑筋。Z君所说的小学生不背乘法口诀，不见得是普遍现象，但中小学里对数理化要求很低，却是实情。美国大学本科的程度，实际并不比中国的高明。理工科硕士以上的教育很优秀，但培养的外国人居多，包括中、韩、印等亚洲人。如今够格的工程师中，半数出生在外国；有调查说，中学生中以后可能学成工程师的，只有百分之十。我这两年来，听奥巴马在电视中大声疾呼基础教育落后，至少有四五次了。

风水轮流转。我来自上海，耳闻目睹，仿佛"啃老族"就是上海或北京等大城市的特产。这种"×二代"现象，是一定会蔓延到二三线城市的，如此周而复始。舐犊之情，人皆有之。这就是为什么有远见的智者，要给后代留下《朱子家训》《曾文正公家书》的道理吧。

二〇一一年五月十一日

学"条，这是所学店，昭然若揭。维基百科可以容易地从网上查得，而学术腐败的事，在 IT 行业如此发展的今天，绝不可能掩天下耳目。碰巧唐君干的也是 IT 这一行，原不应如此不知进退。我不禁额手：幸亏当年没有花三千美元从那个"大学"买那个博士"学位"。现在 IT 业日进千里，我这个老脸碰到 IT 这个克星，真要没处躲藏了呀。

二〇一〇年七月二十三日

有朋自故国来

　　两年前，我结识了一位刚从大学毕业的美国青年。他去中国专攻了一年汉语，然后又在一所新"升级"的外语学院当了一年"外教"。上周末来访，听他谈在中国的感受。以下用引号括出的句子，是他的原话。

　　"中国人比美国人健康。在美国随处可见过于肥胖的中年男女。中国人吃素菜为主，另外是运动多。你们有一句成语'饭后百步走，活到九十九'，我们都开车。中国城市的公园有各种各样的活动，打太极拳、跳舞、下棋等，这在美国是看不到的。我们多坐在家里看电视。"这话有点偏颇。我常见美国青年在人行道上跑步，女的居多，为了保持身段吧。中国人看电视也普遍，例如电视剧、春晚。只是我们退休得早，还有下岗"待退休"的，有大把时间。再加一般住处都不宽敞，自然就出外或去公园了。大款们则天天吃馆子，以挺出大肚腩为荣，有与老外趋近之势。

　　"中国人看来都比较愉快，会自寻乐趣。除了上述公园活动之外，我的同学和学生聚会时，居然都会很大方地当众唱歌，在 KTV 是如此，在其他集会场所也是说唱就唱，毫不扭捏。我就完全不能适应，在这种场合下相当狼狈。"我在回国期间，邀请学生聚餐，也被同化，只好唱一曲美国老歌或者苏联歌曲，这是一种新的经历，感觉不错；中国人自得其乐不花什么钱，相当于老外全家驾车外游。

"中国人注重家庭和群体，学生多数会说毕业后准备回老家，照顾父母。美国人崇尚以个人为主体，不会有这个想法。另外，在美国读大学，可以自由选择喜欢的课程、喜欢的教授，也有先修或后修的自由；宿舍的室友，也是自选的。中国的学校都给你分配定当，大学生每个学期该上哪些课，没有选择余地，同一系级的，都同学到底，室友也不容选择，这使我觉得自由受侵。"这倒也是。我自己六十年前在国内上大学就是如此，但从来都觉得很自然，没有不适应的感觉。这种顺应别人作出的规定，也许已形成我们文化的一部分。不过，多留一些空间给个人（例如外国历史中可以选修某一国的历史）未必不可取，但师资有限，少有选修课，经济效益高些。中国的做法，会使同一个系、级的同学有比较紧密的关系，互相以"师兄"、"师妹"相称。这是问题的另外一面吧。

"美国人互相之间来往得少。例如我自小在父母这栋房子长大，但到现在左右邻居的姓名都不详细。"我在国外，过去觉得与洋人套近乎太难，以为是共同兴趣少。现在听美国人如此讲，原来他们之间也有这个问题，倒是新鲜。我想，我们小村镇中当然没有这个问题；城市里住得挤，弄堂成了个公共活动场所，所以人际关系密切。美国十九世纪末经济崛起，开始建设一个美国之梦（American dream）的社会以来，多数人各有自己的小庭院，往来就少了。我们这个"小区"邻居，偶然在室外路边发起个简单的野餐，只是我们不去罢了。也有华人朋友与老外邻居关系比较密切的，但在程度上显然比在国内的差。听说现在国内大城市住得比过去宽了些，虽然还住工房式的楼内，各家也开始关起门来自成一统了。

二〇一二年九月三十日

无信不立

孔子说，"民无信不立"，指一个人如果没有信用，就没有立足之地；一个国家得不到人民的信任，就要垮掉。我童年时读过一段英语教材，讲华盛顿与樱桃树的故事；后来看到有人考证，说并无此事。但东西方同样讲诚信的重要，则由此可见。但细考一下，觉得仍有区别。抗日战争期间，我在上海租界内的南洋模范中学念初中，有一次孩子们排队买什么东西，一位长得很白皙秀气的同学插了进来（也许不是故意的）。我冲口而出，说"别以为你是李士群的儿子……"李是当时炙手可热的大汉奸、大特务。被骂的孩子当即退出，我现在还记得他满脸惭色、讪讪离去，显然受到了莫大的伤害。孩子是无辜的。六十多年以后的今天，如果这位李学长尚在，我衷心希望得到他的宽恕。可见，在当时孩子的心目中，最核心的价值，莫过于"忠"，所以排在"忠孝仁爱、礼义廉耻"之首。后来进了美国教会办的沪江大学，校训"信义勤爱"，以信为第一美德，显然体现了西方

（美国）式的道德观。

孩子在一起戏耍，难免有恶言相向的时候。我们当年除了骂"卖国贼"以外，最毒的莫过于"偷东西"了。前者要有根据，不能乱用；后者则只要有一点猜想，就可以用。但我不记得听到过用"撒谎者（liar）"为骂词的。在美国则完全不同，它是个"最高级（superlative）"骂词，类同于过去骂良家妇女为"婊子"，如属捕风捉影，很可能会引起一场"誓死保卫名誉"的恶斗。

克林顿当年差一点下台，起端于荒唐的丑闻，但对方揪住不放的内容，却是他在全国人民面前信誓旦旦（under pledge）地声称决无此事，失信于民，违反了诚信的原则，因而险些被逐出白宫。于此可见诚信在美国人信念中的重要了。

我有一位退休飞行员的美国朋友，在荒漠的阿拉斯加的边陲地区长期生活过。在小农经济下，各人自守一小块土地，有可能鸡犬之声相闻而老死不相往来，这种情况在美国也是有的。他说，有的村落依靠在林中狩猎驼鹿为生，一家一户可以对付，更何况迁移频繁，家庭之间互相团结帮助并不明显。但滨海的土人靠猎取大型的哺乳动物（例如鲸）为生，必需有很多人参与，因而家庭、邻居的团结极其重要，人际关系与前者大不相同。我想，中国长期是小农经济、封建统治，所以特别强调忠君，其次是家族内部的团结。"诚信"的排名就靠后了。

在美国定居之后，当地法院曾指定我担任华裔被告的翻译。开庭时，全场起立，严肃誓言诚信；因为从未亲历过这样的场面，给我这个中国人的印象深刻。我有一个多年前就从台湾来美国的亲戚，素有歧见；对方说我们这些人对讲谎话，习以为常。这话也不是完全没有根据。除了上面讲到的由于生产结构的关系，诚信这一美德的排名靠后之外，还有就是在改革开放之前，面对历次轰轰烈烈的政治运动，有一些人（包括我自己）不得不为自己的生存而说违心话。这些都已过去。我相信随着改革开放的进程，孔子所说"民无信不立"的道德原则，也同样会被建立起来的。

二〇一二年三月十三日

驾鹤东还

驾鹤，是"逝去"的委婉提法。我上个月，没有"西去"而是东还，犹言到黄泉路走了一趟，还是回来了。感慨很多，其中最深刻的，是对美国的医疗理念和制度有了一次亲身的经历。

那一天，自我感觉气喘，不能忍受。老伴驱车陪我去当地一个天主教会办的医院（也是美国这个西陲州的最大医院）的急诊室，我还能扶拐杖走进去。坐下后，她看到墙上有一则通告，说医院如果因病人不能支付费用而拒绝施医，是个违法行为。当时就觉得这是一个给国内读者写短文的好题材，用手机拍了照，以免遗忘。

此后，我的病情急转直下，待到醒来，已是六天之后。这才知道在半夜一点钟后，医师团队在手术台上连续为我作了六个小时的生死搏斗。手术后，历经"进展性病人监护"、"重症监护"、"心血管监护"三个星期，最后在"一般护理"度过一个星期才出院。前面三种监护，都有专职护士、独处一间，比国内高干离休者的"待遇"更好。最后一周的护理，是两个人一间，那时我已能扶着步行器慢慢走到食堂。我特别注意到多处张贴着"我们的使命（Our Mission）"，声称这所医院要充满慈悲心肠的服务，向病人展现上帝的爱，尤其是对贫苦者和软弱无力者的爱。每读这一段掷地有声的声明，我都会热泪盈眶，难以自抑。

二十多年前，我的一位亲属获得来美国的签证。刚下机就得急性阑尾炎，阑尾已穿孔。进医院时没有付过钱，病人和担保人都为此担心，结账七千美元。医院二话不说，就让出了院。一直到五年以后，申请公民入籍时，想这次总是逃避不了，但他那时只帮助做按摩的体力活谋生，实在有困难。当官的居然也体谅，免了！这次我亲身经历这样的事，真是感慨万千。"一般护理"时，同室的那个年轻人跌断颈骨三节，一个多月以来，包括移植等一切手术在内，花费四十多万美元。进医院时从未付过，出院时也没有付。

我不但也如此，而且回家以后，医院又派人"跟进"。一是通知我的初诊（家庭）医生每周访问一次，二是派出保健员每周验血、防范变化，三是每周两次派人给我沐浴，四是派出治疗师指导恢复体力。为期六周，直到我能正常生活为止。这些费用除第一项外，都由医院支付。我们也有思想准备，自己支出一部分自付费用，但和国内"现金到位再给医病"，完全不同。

我有两项健康保险。一是作为一个纳税人，年过六十五便有政府的医疗保险（Medicare），二是我老伴还在一所大学工作，她把我作为家属，也买了一份保险。它们两家如何分担我的医疗费用，我始终搞不清。保险公司是商业机构，天主教医院也不可能无限往里投钱，必有一个"拆分"方式，想来归根到底还是政府以某种方式买的单。回顾当年在国内实施的"公费医疗"制度，我们从未为医疗发过愁；农村里的赤脚医生给农民发放两分钱一包的药品，实际上解决了大部分的医疗需要。美国的做法，庶几近之。

我们的"以药养医"，想必是认为这是市场经济的必然道路。我在美国的这一段经历，深感美国的先贤们明白，资本主义可以提高经济效率，但要使一个国家做到长治久安，必须以民生为第一，推行惠民政策，由政府来保障人民的"生老病死"，尤其是其中的老、病两项。上述这家天主教会医院，公然以保护穷人作为自己的使命，这和国内有些名刹大寺，明码实价，按价付现才能进大殿烧香祈福，相去不可以道里计矣。这些都值得深思。

二〇一二年二月二十五日

设施和人工，合计三千七百五十美元，相当于"中产阶级"半个多月工资。其中三千五百美元由我老伴工作单位组织的健康保险负担，其余将通知政府的"老年保健医疗计划（Medicare）"支付。医院仍然"自负盈亏"，只是有人付账，所以他们看来很清高。

凑巧，上星期美国有线电视网的"六十分钟"节目中，播出了一段有关美国医院的报道：有好几个州的大医院，明确给医生下达指标，要求对六十五岁以上的就诊病人，做到让其中百分之十五或十六入住医院。医院这样做是为了增加收入，因为这部分病人是政府从 Medicare 开支的，不愁没有人埋单。我急诊后，可以扬长而去，就反映了美国的医疗，并不是慈善事业的实质。过去的理解，片面了。

中国有一句"悬壶济世"的成语，意指行医有助人的天职。我的祖母是个虔诚的基督徒，她第三个儿子出生后就要他长大了当医生，取名"药芳"，不幸夭折，于是责令最小的儿子学医。这位小儿子在抗战时读大学医科，觉得父亲年老，偷偷地改读新闻系，想减轻父亲的负担。有一次午饭时委婉地向老太太透露这个想法，我从未见过老太太如此勃然大怒。小儿子于是不得不继续学医，在临近解放时，他离开大陆来到美国行医，生活宽裕——幸亏当年没有改行。

行医是回报社会的观点，现在已经过时。我们在美国的朋友的子女中，少数有学医的，我们已经不再把此举看作是一种对社会的奉献；想到的是这孩子有志气：学医很"辛苦"，但收入可观，所以是一项回报率很高的投资。急功近利，是时代的通病，至少在太平洋两岸都如此。

二〇一三年七月十三日

美国酗酒问题

酒在人们的生活中占一定地位。老百姓喜欢在工作之余来一点"小酒","醉翁之意不在酒""对酒当歌",都不是酩酊大醉;吃点小菜,享受微醺的乐趣耳;举行盛大宴会,则会说摆了多少"酒席",可见无酒不成席。我们还有个传统的恶习,就是在宴会(甚至与朋友共进便餐)上竭力向对方劝酒,拒绝者"不够朋友"、接受者才是"纯爷们儿",非把对方灌醉了,才算尽欢。但即使酩酊大醉,一般也只是呕吐、不省人事一宿而已,第二天能正常工作。

"劝酒"这一点上,美国的主流社会和我们不同。宴会或朋友相聚,也备酒,红(葡萄)酒而已;如果客人愿意喝一点,也只给斟四分之一杯。虽然也会准备啤酒,但喝的人很少,因为男宾都要驾车回家,喝了就回不去了。违者会被吊销执照一段时间,这就惨了——不能再上班矣。相比较,俄国人酗酒,严重得多,而且崇尚高浓度的白酒。我二十多年前去莫斯科,听说白酒受欢迎;遂带了两瓶最廉价的二锅头,果然极受欢迎。众所周知，他们某领导人嗜酒如命。那时，白酒之所以特别受欢迎，是因为政府认为酒患太甚，来了个禁酒令，物以稀为贵。其实，美国人在汽车还没有普及之前，饮酒也是个社会的大问题，也曾有相当一段时期因为政府禁酒，导致私酒泛滥。现在人们比较"自觉"，得益于汽车普及，执法又严了。不过，在下层社会中，有脱衣舞、有酩酊大醉、也有"代驾"服务的。只是我们不和那些人接触罢了。

美国有"酗酒（alcoholism）"一词，指的并不是一夜昏睡，而是一种"强迫症"，属于酒精依赖性质的精神和肉体双重疾病。全世界的患者达一亿四千万人。我们到了美国才逐渐认识到它的严重性。我们当地有一中国女同胞，认识了个在市立图书馆工作的美国人。此人毕业于密歇根大学，那个学校有一个很好的中文班，所以略通中文。两人相识后就知道，他曾因喝酒被吊销了驾驶执照，并因负债累累，不能在银行开支票户。当时她想，不就是喝个酒吗，只要现在不再酗酒，就没事了。于是，帮助他还了欠债、重新取得驾照，并且结了婚。婚后果然也不再酗酒，相安无事。后来，妻子鼓励丈夫回去密歇根大学，把已经读了一半的硕士读完了，说"我的中国朋友比你困难得多，都得到了硕士学位，有什么难呀？"半推半就地硬把他送去念书。到

了密歇根，功课紧张一些，又没有人"监督"，酒瘾复发，
被除了名。回家后，作心理治疗；但妻子回中国探亲，他
又酗酒了，夜里倒在马路上，第二天不能上班。图书馆要
求签字具结，今后再发生类似情况，就要被辞退。等到妻
子回家，果然被辞退了。这日子没法过，遂以离婚结束。

这一段故事，才使我们知道原来在美国酗酒是一种毒瘾，
在某些方面和吸鸦片、大麻差不多，几乎无可救药。我们
从中国来，寡闻陋见了。形成酗酒的原因很多，其中之一
是战争创伤。在加州街头所见的酗酒患者，有些穿着旧军
服。这些人曾参加过越南战争。当兵的生活当然极不正常，
不少军人依靠麻醉剂度日。上述那位曾在图书馆工作的美
国人酗酒嗜好，就是在越南战争中形成的。昨天美联社有
一篇报道，"九一一"后的两次战争，退伍回来的一百六十
万人中，不同程度的伤残者占百分之四十五，即七十二万。
其中有"创伤后压力症（PTSD）"者有四十万之多。这些
人往往依靠酒精或过多镇静剂来自我处理情绪，很有上瘾
危险。继越南战争之后，这十年战争一定又会产生一波新
的酗酒、吸毒分子。遥想六十多年前，在太平洋上，美国
军队前赴后继，牺牲的成千上万、义无反顾，他们同仇敌
忾，是不需要麻醉品来维持士气的。

行笔至此，对在这里看到的沦为无家可归的酗酒者，不

禁产生几分同情。也觉得中国劝酒、豪饮的"酒文化"很要不得，需要向美国的主流社会学习。

二〇一二年八月五日

美国人的社交

最近，一对美华联姻的朋友请我们在餐馆里看纪录片，事后写了一篇小文，寄给他们。老美回信，说"她肯定会爱（love）读你的文章"。照我们的措辞，意思仅仅是"喜欢（like）"而已，言重了。

这种情况常见。见妇女穿得漂亮，会说是"灿烂、绚丽（gorgeous）"。对你提出的看法，对方马上会接口说"绝对如此（absolutely）"、"完全正确（definitely）"。我们的英语当然带有中国口音，甚至不难听出我是从上海来的；但人家的评语居然是"毫无口音"，比较讲实话的也会委婉地说"我们土生土长的，也都各有口音"。听课时向老师提问，老师回答的第一句，肯定是"这是个很好的问题"，也不管是不是文（问）不对题。有老外参加我们各自带一个菜的家庭聚会，老外的夫人总不忘向我老伴索取那道家常菜的食谱。这些话都会使我们觉得飘飘然。有一次在全是中国朋友的聚餐后，有一位朋友做的菜问津者不多，我也效仿洋人的做法，说做得好吃，要把剩下的都带回家。此事一直被老伴诟病，说我"虚伪"，会误导别人。

二十多年前到美国当访问学者，中午在一家女生宿舍洗盘子。我已年过五十，那位二十出头的黑人女厨师，口口声声称我为"甜蜜（honey）"；另外一位三十多岁，恃老卖老，干脆叫我"小宝贝（baby）"。她们黑人都随口这样叫，我那时已在美国过了一年多，不会被误导，信以为真了。

在电话中，跟现今在芝加哥的一位五十多年前在北京的老同事谈起这些事。那位大姐说，她现在去成人学校学英语，上公共汽车给司机查验她的"老年人证件"买优待票时，男司机在归还证件时都不忘补上一句"年轻的夫人，您真健康（young lady，very strong）！"使她愕然。学校里还教给大家如何在入学或就业面试时夸大自己的优点，如果被追问这样说是夸大了，就回答"这是我的奋斗目标呀！"

日子久了，慢慢知道那些仅仅属于夸大其词的习惯，不可全信。仔细捉摸，夸大一些对方的优点，也没有什么不好。我们在生活中觉得，至少在这些年中，从未在公共场所看到横眉怒目的。我们中国人的习俗稍有不同，往往在抬高对方的同时，努力压低自己。例如，"尊夫人"对"贱内"、"贵公子"对"小犬"、"大作"对"拙作"、"不敢"不离口。老美在恭维对方的同时，绝不会压低自己，这是和我们明显不同的地方。但我们"内外有别"的反差，只是知识分子之间的陈套，渐被弃置。如今互称"俺家掌柜的"和"我老伴"，不客套了；甚至把用于别人的"先生、太太"的客气称呼，也用在自家，有点乱了套。我还是觉得，对别人客气一点、对自己谦逊一点，有助于社会和谐，没有什么不好。

二〇一一年四月十日

美国婚礼

最近，听到国内传来婚事中崇尚奢侈的故事，遂向一位刚退休的飞行员白人朋友迈克打听美国的婚事。听他娓娓道来，很有趣也很长知识。

美国百分之六十的婚姻会以离婚告终，因而结婚的人越来越少了。在五十个州中的十一个州和华盛顿特区中，如果一对男女同居一段时间（在有些地方规定为三年），就被认为是"合乎习惯法"的婚姻，既不需要有结婚证，也不需要办什么婚事。就可以在公开场合"夫妻"相称。如果分手，女的就可以依法申请离婚，提出瓜分财产和离婚赡养的要求。

一般人都是向政府申领结婚证，领到结婚证后，可以去同一大楼内的法庭，由治安法官主持公证婚礼，也可以在教堂或双方父母的家中举行婚礼。在教堂或家里举行婚礼通常都很费钱。按美国人（实际上来自欧洲）的习俗，婚礼由女方组织，费用由女方家庭负担。按欧洲（实际上世界各国都如此）的旧习俗，女子是"嫁"到男家去的，娘家准备嫁妆。现在没有嫁妆，代之以组织婚礼。

美国盛行在婚前举行一种"准新娘送礼会"，双方亲友馈赠礼品。男方家庭（包括兄弟姐妹）送比较"大件"的家具、电器。其他亲友和同事则只送各种家用小礼物，如烤面包机、杯盘餐具等等。为了避免礼品重复起见，许多准新娘在附近某家商店里留下一份她希望能收到的物件（包括品牌、规格）的"希望清单"，亦称"新娘购物单"。

当她邀请亲友参加送礼会时，她会告诉大家那份希望清单存放在哪一家商店。这样，送礼的人就可以去那里付款认购自己愿意、也正是对方需要的礼品；商店会把已经有人认购的物品从清单中剔除，也就不至于会有重复的礼品了。然后，要为准新郎举行一个"光棍派对"。小兄弟们凑钱，开一个非常疯狂的派对，除了节目助兴的演艺人员以外，一色都是男士。派对上不乏烈酒、脱衣舞或肚皮舞蹈演员，或者其他雇来助兴的下流女人。派对的目的是宾主尽欢、让新郎最后一次享受不受老婆责怪的狂欢滥醉。有时女方不甘示弱，也来一个"女光棍派对"，雇来男性脱衣舞者，或作其他的疯狂行为。

一杯咖啡以后，我和迈克谈到招待宾客的故事：

众人随即离开教堂前往租用的宴会大厅参加婚礼派对，如果新人父母的房子宽敞，则婚礼和派对都在家中举行。派对只有饮料点心和小吃。一对新人带领大家跳第一场交谊舞，和大家稍微耽误一会儿，吃完蛋糕、喝了酒，随即离开派对外出度蜜月（有的回洞房）去也，而派对则会延续到深夜。

　　一场婚礼的经济支出所费不赀。迈克说："我有一个待嫁的女儿，所以特别讨厌婚礼。我想我的女儿最好是公证结婚，或者私奔了事。我对女儿讲过，如果她不举行这种婚礼，我就给她买一辆她喜欢的价值五万美元的高级跑车作为礼品，这相当于一场婚礼的费用。我认为一掷数万金举行豪奢的婚礼毫无意义，更何况还有百分之六十以离异告终的风险。"

　　从这一则故事，使我对美国人的实用主义，印象深刻。

二〇一〇年七月十一日

一次美国葬礼

我和妻子参加了她老上司的丈夫约翰的葬礼，那实际上是一次追悼会。我们也参加过在殡仪馆举行的，陈列着死者的遗体，参与者可以上前瞻仰，在遗体旁边留下在门口取得的一朵鲜花。这次在教堂举行，连骨灰盒也没有陈列出来。

几次参加过的，都带有宗教色彩。这次也当然由一位牧师主持。我因为家庭影响，自小在上海参加的葬礼或"追思礼拜"，也总是由牧师主持。无论是受美国教会影响的"长老会"或英国影响的"圣公会"都必然会齐唱一曲带有"上帝宝座前再相见"的圣歌。它会给我带来太多的场景回忆，以至于今天对妻子回忆，哼起此曲，也难禁哽咽。葬礼总是一件哀事。

教堂里当然充满着肃穆的气氛，但自始至终没有听到那首哀歌，代之以宁静，引起对生命的遐想的曲子；我叫不出曲名，反正是在收音机里常听到的。牧师讲的大意是，个人的生命都有尽头，到站下车，但整体的生命无止境，所以应当乐观对待约翰的离去。这个精神贯穿着整个追悼会。接下来是约翰的老朋友讲话。在其他同样性质的集会上，都有类似的致辞，讲死者生前的一些好事、逸事。为了参加这个集会，我当然特地穿上正装，而且系了深色的领带。使我觉得特别的是，那位老朋友居然用红色的领带。环顾左右，男士虽然正装的占十之八九，但也有穿背心的，甚至约翰的女婿居然没有穿上装；女士则更随便了。那位老朋友的讲话，有意夹杂一些趣闻，不但引起笑声，而且有三四次鼓掌！和人们的穿着很匹配。

约翰去世，我们收到遗孀的电邮后，就注意看地方报纸上的讣告。讣告敬谢花圈，希望移作一种慈善捐款。约翰家有几种宠物，包括一只学人讲话的鹦鹉，取名"契哥"。凡有访客，约翰必介绍契哥，并表演与契哥作辩论式的对话。讣告上列出活着的家属，末了把契哥也列在上面，使讣告带着幽默。那位老朋友居然也以契哥结束他的讲话，努力营造一种使大家觉得约翰离我们不远的气氛。

仪式当然少不了读经、唱诗、祈祷、祝福，历时一个小时。结束时牧师和家属先离场，大家列队向遗孀和家属致意。随后有一个简单的招待会，让互相认识的来客，有短时间交谈的机会。

在回家的路上，我和妻子谈起中国的丧事。农村里大约

还盛行由嗓门好的人喊叫，家属一一磕头，披麻戴孝、哭哭
啼啼，甚至雇人哭丧，就像电视剧《有一说一》所描写的。
城市在殡仪馆举行，想必仍是那首十分沉重的哀乐。近年甚
至兴起花大把钱"做道场"借以摆阔的。约翰曾有一次离婚
的经历，我在约翰的追悼会上，居然看到他的前妻也来参加
了，坐在第一排遗孀的旁边，相互安慰！我们在家里闲话，
少不了对美国的批评；但就葬礼而言，不能不佩服人家比我
们文明多了。

二〇一一年五月二十二日

美国也啃老

今年六月，我在短文中，讲在上海看到的"啃老"现象，顺便提到自己初来美国时对美国年轻人崇尚独立生活印象很深。但现年他们十八到二十九岁的青年人中，仍然跟父母同住（也就是依靠父母生活）的，居然多于与配偶同住（组成独立的小家庭）的。背景是，近年美国的经济情况和我当年来美国时，大不相同了。在短文中我说，必是失业或不愿俯就"低等"职位者回家啃老，向上海人靠了。

老伴还在工作，和美国人接触得多，批评说社会现象要复杂得多，我不该轻下结论。她的话促使我从媒体搜索有关的信息，看到两个月前，《纽约时报》有过一篇报道，把出生于世纪之交，现在进入青少年的，称为"回旋飞镖"（boom-erang）的一代。这种飞镖是澳洲土著的狩猎武器，在未击中猎物时自动飞回，形容虽然逐渐长大，但不像他们的父辈那样倾向于迁出独立生活。在异地读大学的孩子，毕业反而"回归"老家了。这种现象与大学学费激升，不容易找到收入可观和稳定的职位有关。随后，许多读者在美国有线电视网的金融网址上，参与讨论，有十来页之多。浏览一过，很有感触。

站在这些青年人的立场，美国的经济环境确实给他们带来困难。首先是学费高昂，四年制大学生，一九八〇年时每年平均花费七千七百五十九美元，二〇一〇年上涨到一万八千一百三十三美元。从一九五八年以来大学费用每年上升比率相当于当年通货膨胀率的一点六一至二点〇一倍。美国大学生，多依靠学生贷款读书，就业后偿还时付百分之六点八的利息。毕业后回老家生活一段时间，省下钱先还清学贷，似也无可厚非。孩子们会帮助父母保持房子清洁，付给"房租"，所以也问心无愧。依青年们的说法，他们上一代六七十年代出生的，美国的经济情况好，工作容易找，孩子即使在毕业前跟父母同住，毕业后就会很快结婚成家，自然就搬出去住。现在潮流不同了，青年人会把结婚拖得很迟，他们还会振振有词地说，父辈年轻时，几代人同住一屋的不也是很多吗？有人在网上说，自己孩提时还四世同堂呢！有调查研究称，孩子刚从大学毕业，父母还不老，多数人认为跟父母暂住五六年，是可以接受的"正常"现象。

待找到工作，不怎么"捉襟见肘"了，就会约齐三人，共租一套屋子，每人每月负担五百美元。尤其是男青年，觉得这样才找回了自己作为一个男人应有的"自我价值观"，具有独立人格了。不然，就会被看作"长不大"：美国近年创造了一个新词，把赖在家里不走的，贬称"永久的孩子"（perma-child）。在网上的议论中，有一位青年自述，毕业后在家住了一段时间，待还清学贷打算买一小宅时，父亲拿出一万二千美元，这正是他几年来付给的房租。为父的有意存着，现在拿出来"资助"，使这位青年激动不已。我也不禁动容。可见，愿意做永久的孩子的美国青年，终究极少。做父母的，也很鼓励他们的独立精神。

　　我和住在旧金山的女儿通电话，讲起这个话题。她说，她曾和小学五年级时来到美国，读完高中的我的外孙女谈话，建议和当时分居着的孩子的父亲合作，租个比较宽敞的房子一起住，立即遭到反对。孩子说："这不是要我多忍受一个人来管我吗？"孩子宁愿去当营业员，自己租房子，独立生活。这说明她已经形成了美国人的思维方法。我女儿接着谈到，一个中国来的朋友的儿子到美国来上大学，毕业后挑拣工作，两三年不上班，一直住在父母家，属于"啃老"。做妈的谈起此事，眉开眼笑，说"全家团聚，多好！"——不就多一个人吃饭嘛，没啥。所以，虽然美国青年也有啃老现象，但无论父母和子女对这个问题的认识，都和中国不同。

　　用"啃老"一词，显然对这种行为不满。但国人倾向于安之若素，大城市的青年一代，甚至会引以为荣。美国现在也有这种行为，但他们两代人对此的态度，显然和我们不同，这叫"文化差异"吧。

二〇一三年十二月八日

美国人的花钱文化

　　我和女儿在电话中谈到已"融入"美国社会的外孙女安的情况。她说，安还是那样，年收入已达五万美元，属于"中产阶级"，独居过"月光族"的生活——一个月的工资，必当月用完，从不想到储蓄。她说，美国这一代的年轻人都这样，他们认为"存钱干什么？"这种思想已是美国文化（American culture）的一部分。安十年前收入二万时如此，现在三十岁，应该懂事了，却依然故我。

　　她又提到，另外一种我们看不惯的"文化"现象是，年轻人随着自己的兴致，而不想到如何适应社会的需要以谋生存。有一个毕业于名校加州伯克利大学生物工程系的华裔女孩，毕业后在加州一家著名的制药公司任职，参加抗癌药的研制；工作稳定、待遇很好，也开始在这个房价极高的加州，以按揭贷款买了一个单间公寓，可以说是走上了生活的正轨。却忽发奇想，说工作太单调，自己对艺术有兴趣，于是辞了职，在父母的帮助下，居然到巴黎去学画两年。回来，当然找不到稳定的工作，干过摄影师、做艺术方面的兼职教员。入不敷出，付不出按揭。无奈，只好放弃那套公寓的抵押权。好在她有技术知识，那家制药公司同意她复职；算是"折腾"了一番，还可以走回头路。这种现象和上述的花钱文化异辙同轨，都属于不"算着过日子"的思路。还有属同一思路的第三种现象：我在超市或大卖场付款时，看到排在前面的顾客中，恐怕至少有四分之一付现金。我猜想这些人都没有银行账户或信用卡。要不然，付现金、找零，多不方便呀。女儿说，确实有些美国人并不觉得有银行账户或者信用卡的必要。况且因为信用卡公司会对接受信用卡的商店支取费用，这些商店对十五美元以下的买卖就不收受信用卡支付。反正是有钱就花完，还是现金方便，用完了等下次发工资再说。这些都不是个别人的行为习惯，确实是美国"文化"的一部分。这些现象的背景是"从不担心失业"，所以毫无"未雨绸缪"的思想准备。在这次危机之前，美国低失业率已维持多年。百分之三至四左右的失业率，表示没有真正的失业者，只是对现职不满意、对居住的城市感到厌烦，在跳槽过程中有几个星期不工作。我们在阿拉斯加屈指可数的几个白人朋友中，其中有两人原先在其他州有很稳定的职位。十多年前听说阿拉斯加很有特色，就放弃原职，把个人物品装上汽车，一路开过来了。到了这个地方，先在汽车旅店住起来，看报纸上的招聘广告，很快就分别在市图书馆和州立大学上班了。这证明他们的思想方法，也是可行的。后来他们年纪大了一点，近年经济也不好，才不再折腾。

我们这些第一代的移民，初来时打工谋生求学，当然兢兢业业，有点锱铢必争，怕连饭也吃不上，担心的就是失业。老伴说美国花钱的习性和我们不同，原因是东西方文化有差异。我意不尽然。我们的一位美国退休教授朋友曾说，他在退休前几乎从不上馆子，这和我们没有区别。再看中国的富二代近年到美国上学的，有些人到了美国就以现款买了住房和名贵的车子，甚至还有母亲来"陪读"的。他们的这种习性，是不需要到国外学得的。

二〇一二年九月二十一日

豪宅潮

二○○三年，在美国的房地产泡沫逐渐形成之际，我们搬进了一千七百平方英尺的新居。次年，后院兴建了一栋比我们大一倍多的鹤立鸡群的房子，住的是一对中年夫妇，比我家只多一条狗。我们觉得他们过于奢侈，遂戏称之为"大房子"。

迁居豪宅，在我们这个边陲小城的华人间，也能找到几家。在我们的眼中，四千平方英尺（约三百七十平方米），就是豪宅了。在我们相识的十多家华人中，有四家住这一类的房子。有一家进门是一个穹顶，通往二楼的是左右两边环形相抱的楼梯，像电影里看到的豪富之家的排场；还有一家外形的设计模仿一艘船，炫耀得很。我们朋友间背后议论，这么大的房子，打扫起来怎么办，取暖费用大吧。按美国房地产商的一般定义，面积超过八千平方英尺（七百四十平方米）的才叫"宅邸"（mansion）。这四家都还够不上真正的豪宅标准呢。

在一九五〇年之前，全美有十大豪宅，其中白宫位居第九，面积五万五千平方英尺。那些都是特殊建筑，现在多数供人参观，不是民宅。今年四月份，看到全国广播公司 CNBC 重播的"六十分钟"中介绍豪宅潮流的节目，令我大开眼界。原来，房子越建越大，是近三十年来的大趋势。过去的三十年（一说为十五年）中，在家庭人口缩减的情况下，新建住宅的平均面积增加了百分之五十。接受电视采访的一家，把一千一百平方英尺的房子拆掉，改建为三倍面积的。业主豪迈地说，美国是个自由国家，愿意盖多大是我的自由。另一家把一九六〇年花一点九六万元购入的房子拆掉，投资一百万元盖新的。

德州一对被采访的夫妇，说他们过去住四千平方英尺，现在这栋房子一万五千平方英尺。进门有豪华的穹顶，引起来访者"哇"的惊叹，主人说这正是他所期望的效果。家中六岁孩子的卧室有相当于两套居屋的面积，主卧室离天花板有三层楼高，抬头有一种"塔"的感觉。地板按法国凡尔赛宫的构建。建筑商说，十五年前五千平方英尺就很大了，现在要一万二千平方英尺才算大，相当于上述"宅邸"标准的一点五倍。

节目中有位经济学家说，这种现象是财富分配益趋不公平所致。美国年收入在十万美元以上的家庭的增加速度，等

社的一篇报道提到，一位财政部的官员称目前大约有一千两百万个美国家庭没有能力在银行开设一个经常性的账户；在黑人和西班牙语系的美国人中，没有银行账户或极少存款的家庭，约占半数。"支票兑现"（cash-checking）行业遂应运而生。

穷人拿到工资或其他支票，就得到这种店铺去兑现。据美国消费者协会近来对二十三个大城市一百一十个兑现店铺的调查，工资支票的收费为百分之一至百分之六，平均为百分之二点三四；而其他私人开的支票的兑现费则高达百分之一点八五至百分之十六，平均为百分之九点三六。兑现店还经营"贷款"业务。他们可以借钱给你，以两星期后的下一期工资收入作为保证。到期时，或者在还清欠债的同时支付一笔手续费，或者支付手续费而把债务再拖欠一期（两星期）。这是以骇人听闻的超高利贷的利率经营的。据上述调查，其年利率达到百分二六点一至百分之九一点三。这个高利贷行业也组织了一个"全国支票兑现协会"，发表声明为他们的盘剥作"此地无银三百两"的辩护说："人们到专业的支票兑现店铺来，因为地段方便、服务时间灵活、服务质量高。"现在全美国有六千家兑现店，每年兑现支票两亿张、五点五亿美元，俨然一个大行业。但是，这个民主国家的中央政府，迄今对这个行业没有作任何法律限制。在五十个州中，只有十八个州对支票兑现行业有所规定，其中只有十二州政府对兑现行业的收费有个最高限额的规定。

生活用品租赁，直译应为"通过租赁来购置"（rent-to-own），主要出租家具和珠宝首饰。租赁，是个在市场经济中发展起来的很普遍的业务。比如住房，先付百分之五至百分之十的"头款"，接着把房子抵押给银行，由银行向房产公司付清房款，购房者分月（一般为三十年）付还本金和利息。这房子名义上是购房者的财产，实际上是购房者向银行作"融资租赁"，也就是一种"通过租赁来购置"的做法。买汽车，也可以这样做。这都是正当的业务，利息公道，而且条件也是讲明了的，与这里讲的生活用品租赁不同。

顾客向租赁店租一套起居室的家具，租金可能是每星期十八点九九元。顾客急需这套家具，手头又没有现金，就上了钩。说他是上了钩，问题出在合同规定需要付满两年的租金，这套家具才成了你的财产。这两年里，你实际上付出了相当于原价几倍的钱。有一项调查指出，这个行业实际上向顾客收取的利率，平均达到年利率百分之两百七十五之多，实际上也是一种高利贷行业。他们利用顾客对利息概念不清楚的弱点，蒙骗顾客；甚至多方向立法机构游说，反对政府对收取的利率进行限制，甚至不同意公布实收的利率数。有一个顾客说，"我在信用卡上借钱，年利率是百分之十八，这是明明白白的。现在租赁店说一套家具每星期租金十元，租满七十八个星期归我所有，我怎么弄得清楚它的手续费是多少、利息又是多少呢？"美国社会一向在人民中培植一种"有钱就花、没钱去借，今日有酒今日醉"的生活方式。许多人光顾这种租赁店，本来也是个"短期行为"。大约只有四分之三的顾客并没有付满合同规定的租赁期限，他们平均付了款的租赁期只有三个月。到目前，美国政府也还是没有采取行动，迫使这种租赁店停止蒙骗、盘剥穷人的营业方式。

我想，一个政府的动作，关键要看它保护谁的利益、反对谁的利益。如果它反对多数人的利益，民主云云，不过是招牌而已。不是吗？

一九九七年九月一日

美国的施粥处

　　"施粥"是个很老的词。我小时候住在上海，当时沦陷区的租界里，每到冬天，就有慈善机构按旧俗办一个施粥处，所施真的是粥。美国在上世纪三十年代大萧条时期，出现"施汤处"（soup kitchen）、"排队取面包处"（bread line）等慈善机构，那时失业率最高曾达到百分之二十五，许多人赖以生存。他们不喝粥，汤和面包是最简装的食物了。

　　即使在失业率低的年代，美国也还有处在社会最底层、最穷的"无家可归者"。各城市都有慈善性质的收容所，以及不提供住宿，只在白天提供简单食物的去处。我们这个边陲小城，就有一家比较著名，类似中国的"施粥处"，取名"豆子咖啡馆"（Bean's Cafe），其所以取名"豆子咖啡馆"，因为那位创办人、波士顿大学女教授的女儿个子比一般孩子小，自小有个"豆子"（Bean）的昵称。以后这个小女子就把昵称放在姓名中，以莉西·豆子·巴罗（Leesie Bean Ballew）署名，写了一篇这家咖啡馆历史的短文。我对美国底层社会感觉好奇，在访问这家"咖啡馆"之前，读了这篇短文。

一九七七年那位女教授忽然想到要驾车来阿拉斯加，把六岁的"豆子"放在后座，叫她管食物和冰箱。吃饭的时候，小女孩会向在驾驶座上的母亲喊："豆子咖啡馆开始营业啦，请点菜"，像模像样地把妈妈点的食物记下来、准备好，递上时还专业化地加上一句"豆子咖啡馆感谢你的照顾!"相与大笑。

母女俩都爱上了阿拉斯加这个地方，第二年又驾车北来。当时女教授已在波士顿一家施汤处做了三年义工。来到我现在所住的安吉雷奇市，深感此地的底层穷人，十分需要有个果腹、休憩的场所。一九七九年初，在征询了许多人的意见后，她在市区租下了一间空闲的仓库，引来许多帮忙的闲人，群策群力、布置齐全，这些人后来都成为取名为"豆子咖啡馆"的常客。

一些食品店捐赠即将过期的食物（如油炸圈饼、面包等）、几家著名的咖啡商捐赠咖啡，还有许多好心人捐赠金钱，使"豆子"办得很兴旺。仓库的租约为三年，期满后"豆子"迁入闹市一栋新大楼的底层店面。上述那篇回忆短文，是在一九九九年即"豆子"兴办二十周年时写的，此时当年的小女孩已成为一名设计师，住在西雅图；而女教授则在安吉雷奇又开设了一家全国唯一非谋利性质的汽车旅店，取名"安全港客栈"（Safety Harbor Inn），为无家可归的家庭和残障人士提供住处。

我那位退休飞行员朋友，带我去参观了"豆子咖啡馆"。满是衣冠不整、蓬头垢面者，其中应该不乏瘾君子。但店里秩序井然，看来并不见得是为非作歹之徒。我们过去在市中心或超市附近，常见有身上挂着"以劳动换取食物"（work for food）牌子的汉子，给我的印象近似要饭的。我们常常认为这些人都是懒虫或吸毒者、多非善类，避之唯恐不及。这次参观使我想到人的一生会有各种不幸的遭遇，未必都不可救药。

后记：二〇一三年十月，我们当地电视报道，安克拉治（Anchorage）这个大约三十万居民的城市，无家可归者有三千八百一十人，大约占人口的百分之一点二。自从二〇〇八年危机以来，此数以每年增长百分之二十五的速度上升。"豆子咖啡馆"每天服务的穷人，大约有八百人。免费供应两餐和紧急事件的交通、白天的休憩；如遇特殊情况，也可以住宿过夜。电视中说，落难成为无家可归者的因素很多，未必都像我过去想象的那样"多非善类"。

二〇一二年六月十日

岁行暮焉

从十一月下旬的感恩节开始到年底，在美国都属于岁暮时节，传统的风尚是家家都在互赠贺卡或准备礼物。此刻面对现实、展望将来，人之常情。近几天随报纸送来的商店促销广告似乎比往年更多，给我"声嘶力竭"的感觉。今天报纸上刊登一篇题为《今年的圣诞时分与一九四一年相仿》的专栏文章，把美国的今天和刚遭受十二月八日珍珠港事件后的一九四一年的圣诞节相比，觉得很有意思，但又觉得不完全可比。依我看，应该用"今不如昔"来概括。

美国那时还没有从三十年代的大萧条（从一九二九年到三十年代末或四十年代初）中恢复过来，遭此奇袭，从那时在应战中流行的歌词"我将在圣诞回家……即使仅仅在睡梦之中""不久的某一天，我们就会在一起——如果命运允许"（I'll be home for Christmas…if any in my dreams; someday soon we'll be together—if the fates allow）可见，那时美国人在对现实的无奈中，沉浸于对未来的期望。日军奇袭时，我们住在上海的"租界"，第二天清晨听大人们在洗脸时互相问询不知炮声是什么事，到了学校听同学（我记得是黎元洪的孙女，她家有高级的收音机）讲日本人动手了。那时日本人已经占领了半个中国，我们这些小学生的反应是，中国不会再孤立无援了，在无奈中感到光明在望。上述那篇专栏文章中，提到那一年的圣诞，罗斯福与丘吉尔在华盛顿分别发表了鼓舞人心的演说，成了那场世界灾难的转折点。

此后的历史，证明美国的战士，确实不负众望。战争结束时，我是个初中生；在上海看到的美国兵，生活条件好，大家叫他们"少爷兵"，有"不能吃苦"之喻。但在此前不久的太平洋战争中，他们确实前仆后继、浴血前进，成千上万地为国捐躯，也真够英勇。中国士兵的武器装备条件不能和他们比，但放下锄头的农民和从南洋回来救国的华侨青年，为了打通抗战的生命线滇缅公路，数十万人埋骨异国，也可谓惊天地泣鬼神。我们的爱国青年，也不输给美国人！同仇敌忾、齐心协力，是扭转局面的关键。这是个"普遍真理"。

那篇专栏文章引起了我景仰前辈的怀旧之情，但觉得把一九四一年和现在的情况作对比，不可谓完全切题。二〇〇七年的经济危机以来，美国确实又遇到了大麻烦，但现在还看不到当年通过罗斯福的新政，给穷人以保障，把全民团结起来的局面。贫富差距，有增无减；在当下抢救失业率高企的问题上，穷人和上层富人的看法泾渭分明，"占领华尔街"仍在蔓延，中下层人民在无奈中找不到希望。文章提到，最近的民意调查结果，只有百分之四十四的人认为下一代的日子会比这一代好。这种情景岂能与一九四一年圣诞节时全民奋起可相比拟！我们也有自己的麻烦：我今秋回中国，看到更多新的（许多还空关着的）大楼，然而遇到的人的各种各样又互相类似的担忧，未见减少。我这个耄耋老人，居然会回忆一九七六年底和其后拨乱反正年代的快乐情绪，且有点留恋，冲淡了对那段时间物质极端贫乏的记忆。

在此岁暮时分，但愿我之所以有这些不甚乐观的情绪，是因为自己老迈了。

二〇一一年十二月二十九日

姓名遐想

　　在国外生活，姓名如何称呼，是个由来已久的问题。其中曲折，细细道来倒也反映了各个阶段的历史现实。一个半世纪前，第一批华工是被当作劳工来美国的，他们完全任人摆布，想来姓名都是按各人到美国向移民局申报时自己的读音，由美国官员随便给个接近的拼音。广东人按粤语，福建人按闽音。同一个姓，有多种拼法，需要懂得不同的发音，才能正确地"翻译"回中文。留美学习的幼童，属于"官派"，姓名拼法比较一致，用当时普遍的"罗马拼音"，例如李作 Lee，凌作 Ling，和现在的拉丁化拼法不完全相同。其后二十世纪初期，洋人对中国"头面人物"的称呼，仍按中国习惯，姓在前、名在后，例如孙中山、蒋介石，这是以示尊重吧。留美学生，在美国时都改为把姓放在后面，方便洋人，免得混淆。其中有人以后入籍美国，会改用一个英文名字；也有在美国时有一个英文名字的，但回国后很少仍然在用那个英文名字了。

也谈居者有其屋

听亲戚介绍，有一个国内新的电视剧《老牛家的战争》值得一看。此次回国，特地去买了碟片来。果不虚传，感恩节四天"长假"，和老伴一起看完了全剧三十集，很是感慨。近年来，从国内传来许多亲友的故事，房子常是议论的中心。女青年家长（尤其是准丈母娘）以"有房有车"（尤其是有房）为最重要的择婿标准。某些多子女者，家家都会因分占父母的房子（多数是福利分房年代所得）闹得反目，《老牛家的战争》把这一现象推向极致。看完后，实在太多感触。

和国内的朋友谈及此事，大家认为，这和中国人喜欢与家人聚居，不爱移居他地有密切关系。我们现在移居美国，看周围二十年前来的第一代移民，子女已到了大学毕业的年龄，近退休的父母，多数打算等子女确定在什么地方工作，就也移居去那个城市。在依恋子女这个问题上，倾向性显然比老外强烈。然而这种感情未必一定与自己必须拥有房产有关。

我是生长在上海的，据我所见，在抗日战争之前，上海的居民中，有自己私产房屋的，绝对不多于百分之五。鲁迅收入颇丰，住的大陆新村，就是弄堂房子，分栋出租的。我祖父给一个棉纱业大资本家管理房产，有些房产占半条甚至整条马路，几百栋弄堂房子，祖父的工作就是收取房租。祖父有一栋自己的"洋房"，但两个儿子结婚，都立即搬出去租房子住；那时家里有车，但没有听说叔伯们想要有自己的房子的。工薪阶层更是只租一个"亭子间"，甚至一个"阁楼"，这样的状况一直维持到解放后。直到上世纪八十年代，各单位才开始把房产分给职工，那是抗日战争半个多世纪之后的事了。

居者未必自有其屋，各国皆是。查辞书，美国人的梦想（American dream）意味着一个独宅的小房子。它有两层意思，从物质上讲，宅居是生活的根本需要；从理想层面上讲，是建立一个舒适家庭的基础。最近在美国闹得沸沸扬扬的占领华尔街运动（Occupy Wall Street，简称 OWS）源自这同一梦想，只是两党和贫富人群对如何实现这一梦想的理解不同、手段不同。贫富差距拉大，标志着美国梦想的破灭；另外也有认为 OWS 正是广大的美国群众在重新申诉这一理想。尽管美国是经济极其发达的大国，拥有自己居屋的，大约也只有一半人口，其余都是租房子；梦想尚未实现，失业再雪上加霜，于是酿成运动。

从台湾来的同胞说，台湾在论嫁娶时有三个"要"：工作、房子、车子。这和大陆一样。从现实考量，房租很贵，如果没有了这一项负担，生活要舒坦得多。大陆追随美国的"零利率"政策，使货币失去储蓄功能，把人们的积余赶向股票市场；等到泡沫破裂，人们如梦初醒，知道上当，于是把储值的希望转向房产，自然使"有房"成为第一要求。美国联邦储备局和房地产商联手制造泡沫，老百姓上当，不得不把新买得的房子无偿归银行所有时，需要有个泄愤出口。好在美国对这些老百姓还有个"公道"，可以把房门钥匙交给银行，扬长而去，从此"两不亏欠"。我有一个在加州居住的朋友，去年买了一栋拍卖的房子，开门进去，通向车库的门被砸碎了；旁边一栋也在拍卖，想拿前者作抵押，向银行借款把旁边一栋也买来，以租金收入付按揭。但开进去一看，起居室与车库居然被砸成一个大统间，没有墙壁了。

中国要实现"居者有其屋"，需要半个到一个世纪。当务之急是低收入者能从政府获得廉租房。美国对享受"低保"待遇的老人，提供居处，只收取低保待遇三分之一的房租。这是维持社会安定的一项常识性措施。

二〇一一年十二月八日

初访俄罗斯

　　一九八九年初，我第一次从美国回家，旋即去波兰。路过莫斯科，住了两天，那时还称为"苏联"。上海的一位同事转请她在莫斯科大学上学的丈夫，为我们在大学的宿舍里找个地方暂住，正值暑假，有不少空余房间。

　　那时戈尔巴乔夫搞民主化改革，听说任何人都可以在公园里站在肥皂箱上发表演说，类似伦敦海德公园。苏联还没有解体，"言论自由"，听起来很"过瘾"，但经济趋于崩溃。口袋里只要有一美元（当年在美国买近四升汽油），就足够两个人在高级餐馆里美美地吃上一顿。我在莫斯科最豪华的百货商店买了两套西服、一件大衣，都是极厚实的好呢子。珠宝店里摆着红宝石的戒指，宝石足有蚕豆那么大，贱卖到十美元上下；红宝石不实用，舍不得买，可惜了。店铺里贱卖军用的红外线望远镜，对我没有什么用处，也就没有买。第二年，那位为我们牵线去莫大住宿的中国留学生回上海，运回新的钢琴、家具，整整一车皮，都极便宜，那时苏联老百姓的购买力几乎等于零。

莫斯科大学闻名已久了，原来照片上辉煌得很的巨型大楼，整个是一个容纳数以万计学生的宿舍。学生两人一套、各占一间、合用一个浴室和厨房。后来，我在香港号称为大学中的"罗尔斯罗伊斯"（Rolls–Royce，最豪华的轿车）任教，学生宿舍也根本比不上莫斯科大学的辉煌。我们在莫大的食堂吃饭，极便宜，而且面包不收费，共产主义了。中国人在莫大留学的，不像我们在美国需要打工攒钱谋生、交学费；有的系（例如地质系）为了鼓励入学，还按期发津贴，外国留学生也不例外。

第二天早晨起来，莫大的那位中国留学生，指着远处一大群在建的高楼，总有几十栋吧，说这些都是为普通老百姓盖的。后来才知道，他们在改革时把人均十八平方米的住房无偿转给老百姓，超过此数的，也只收很低的费用。我就知道，他们在住宅方面，实行的必然仍旧是国有经济，不存在有靠房地产发财的。居民的水、电、煤气、取暖，全都免费供应。

在美国，我对于他们急救系统对病人的处理，十分赞赏；美国法律规定，病人住院期间，不得向家属催付费用，美国简直是人间天堂了，他们资源丰富。但当老百姓几乎没有购买力时，苏联仍然实行着全民（包括农民）公费医疗。只是药费要自己掏。我们都知道，只要药厂不以营利为目的，药的成本是很低的。

我那次初访莫斯科，是他们很艰难的时期，但触目所见，走在街上的，都衣着整齐、体面，表情平和。我想，这是因为人民的基本需求——住房、医疗、养老、教育，都有充分保障。在这些方面幸而都没有实行市场经济，因而还能平安地生活。

那次初访后，二十五年过去了。我常常回忆，对比中国国内的政策。改革开放以来，我们在上述人民的基本需求上，都求灵于市场经济——"以药养医"、"大学扩招"、发展房地产，触动人民基本需求的这几项，都改为依靠市场。于是，那次初访看到苏联老百姓的困境，竟然至今还使我留有美好的回忆！此后，苏联解体，情况更糟，但这些政策依然不变。这是他们仍然能够"维稳"的道理吧。我们的专家们多亦步亦趋地信奉美国的制度。近年美国的问题逐渐曝光，美国在上述几项基本需求上，实际本来含有相当的"社会主义"成分，在退缩。拿医疗来讲，费用是越来越高。我老伴在当地一所州立大学任职，学校和个人都出一部分钱，交给保险公司。保险公司当然是赚钱越多越好，近年医疗费用大涨。她最近作一次甲状腺检查，居然收费五千多美元，都是保险公司和医生的收入。这是医疗事业私有化的结果，以至于那所州立大学对新招收的职员，取消了由学校提供大部分医疗保险的福利。昨天听广播，说蒙大拿州对公共机关工作人员的医疗制度试点类似我们计划经济下的公费治疗制度。看来，对人民的基本需求，市场经济不是万应药，人们是会逐渐认识到的。

二〇一三年八月二十一日

入住莫斯科机场中转区记

自从斯诺登事发，被"招待"在莫斯科谢列梅捷沃机场的中转区，在此君离去之前，这栋大楼经常在美国的电视中出现，唤起我尘封的回忆。

二〇〇二年，我又一次获得波兰罗兹大学邀请。这次是乘俄罗斯航空公司的飞机，从香港飞莫斯科，转机去华沙。因为不打算在莫斯科停留，按照国际惯例，中转不出站，就不需要申请俄罗斯的签证。到达莫斯科中转站，我很有信心地出示自己的美国护照。无非是个例行手续，却不料被"请"到一旁，由一位懂一些英语的负责人找我谈话。说我没取得俄罗斯的签证，就不能转机，需要等待回香港的班次，遣返。

这使我非常吃惊，这样一来，我去波兰的机票不就作废了吗。这位入境负责人还是比较友好，说此事是美国政府引起的，他们不守国际惯例，把在美国转机去南美洲国家的俄国人遣返了，俄国此举是执行"其人之道"，专门针对持美国护照者。他知道我是个华裔，特别友好，说是在等待班机的三四天中，我将被安置在"拘留所"，住"单间"、有独立浴室、三餐饭有人送来，以示优待。当然有武装警卫把守，相当于监禁。后来我知道，有一位美国白人妇女，同样地等待"遣返"，却只能在候机的大厅里席地过夜。

尽管入住"单间"，终究是监禁着，警员允许我打电话。我先给家里打，老伴回忆说我当时的情绪恶劣透顶。我向来奉公守法，怎么就如此飞来之灾呢！又打给美国驻俄大使馆，叫他们来人。接电话的那位女士，很熟悉这样的事，知道我住了"单间"，就说"少安毋躁"，没事的。她知道这是俄国人"以牙还牙"，自己理亏，听其自然了。拘留所里，都是东南亚小国的偷渡客，多人住一间；有特殊优待的，只我一人。像俄国其他地方一样，浴室有热水供应；有人送来典型的俄式三餐，而且隔天来更换床单，够客栈标准。我企图与来送饭、清洁的大娘搭讪；她们都板着脸，毫无表情。

意外的是，第二天那位入境处的负责人突然来访，他会讲一点英语，需要练习提高，找我来了。我说自己还是香港的永久居民，出示我的香港护照。他说，"你何不早说，有香港护照，就不按美国人的待遇，你应该可以立即转机的。"我在上世纪五十年代曾自学俄语，对他唱了自己喜爱的苏联歌曲，"我们的祖国是多么辽阔广大"，他就立即和上来一起唱。

他向我形容自己如何用英语的，譬如来的往往是一批偷渡客，大声嚷嚷，他就用收音机上印的语言"把音响调低些"（turn down the volume）叫他们安静下来听他的话。这个用法我过去从来没有听到过，所以一直记得，而且老伴还常常用这个短语来取笑我的那次监禁。我回到香港后，向"低额赔偿法庭"状告俄国航空公司，他们应该知道本国的新法，但在我没有俄国签证的情况下，依然卖票给我，而且同意我登机，造成我的损失。航空公司的中国女代表随即来访，同意赔偿我的损失，补还来回机票。我请她和同来者到大学的教职员餐厅午餐。在我登机的时候，她还特地到机场，让我"升级"为头等舱位。也算是友好地"礼尚往来"了。斯诺登在中转区二十多天，不会是受监禁吧。不知道他离开后的心情，能不能像我现在那样好。

二〇一三年九月二十七日

附录

杨继良：新中国管理会计的"活历史"

岳旭琴/文

1980 年前后，在上海社会科学院经济研究二所会计研究室工作的杨继良第一次读到了美国的《管理会计》教材。他惊奇地发现，书中所讲的很多方法似曾相识。这之前，他曾经在中国的政府部门工作多年，从东北工业部到重工业部，再到冶金部。他也曾经在企业工作过，包括马鞍山钢铁公司和上海无线电仪器厂。他接触了新中国建国以来中国企业创造的几乎所有的成本管理方法，但并不知道成本管理其实就是管理会计中最基础的部分。

自此之后，杨继良一直把管理会计作为自己的专业研究方向。而在中国，改革开放之后的三十多年，管理会计无论是从理论还是实践，都没有受到足够的重视。直到 2014 年财政部发布《关于全面推进管理会计体系建设的指导意见》，管理会计在中国才迎来了久违的"春天"。

从 1951 年夏天毕业后被分配到东北工业部经理处的成本管理室，参与成本计算制度的设计，杨继良之后的大部分时间都在从事和管理会计有关的工作和研究。他对于新中国建国以来管理会计发展的每个阶段都了如指掌，可谓见证新中国管理会计发展过程的"活历史"。

新中国成立初参与成本计算制度的设计

1951 年夏天，杨继良从沪江大学商学院毕业，被分配到东北工业部经理处的成本管理室，先后分管煤矿、有色矿山、有色金属（包括矿山和冶炼厂）等部门。

成本管理室有两个摊子。一个摊子是制度科，主要设计成本计算制度；另一个摊子是两个分管各局（各行业）的管理科。工业部底下有各个工业局（例如有化工局、机械局、钢铁局等等），成本计算制度因行业（例如钢铁冶炼企业和矿山）而不同。但在分行业的各局设计成本制度之前，部里先要设计一个总的制度。另外，还需要去了解企业里面的成本管理工作进行得怎么样，有什么问题。

解放之前，所有学校用的成本会计教科书都是美国的。杨继良在沪江大学期间，学习的教材是美国《劳氏成本会计学》。解放后，中国实行计划经济，开始"一面倒"，按苏联模式设计自己的成本会计制度，也参考了美国的《劳氏成本会计学》。但杨继良发现，美苏两国的成本计算方式很相似，只不过美国的方法比较笼统。"美国的成本会计教材所描述的，是以机械工业为模式的方法，当然未必能套用于其他行业。西方企业具体的成本计算方法，是各自制订的，并且被视为商业秘密。"

此外，抗日战争时期，日本人在东北有很多大企业，而这些企业中的会计人员都是中国人。东北工业部在设计成本计算制度的过程中，除了借鉴美国和苏联的做法外，还将日本企业的一些做法引入到了成本计算制度中。

1952 年，东北行政区撤销。东北工业部搬到北京，和原有的一部分重工业部，组成新的重工业部（前身为中央人民政府重工业部，成立于 1949 年，1954 年改称中华人民共和国重工业部，1956 年被撤销，成立冶金工业部——岳旭琴注）。杨继良随组织撤并、调到北京，到重工业部工作，继续参与成本会计制度的制订和完善。

除了东北，解放时接收工业企业的第二大区域是华北，就是北京周围的那些企业。国民党政府也有一个管理企业的机构，叫作"资源委员会"。重工业部除了承袭在东北时已经草拟的制度外，又并入了"资源委员会"的做法，使得新中国的成本计算制度更加完备了。

　　和美国的成本计算制度不同，建国初期的成本计算制度考虑了不同行业的特点，是分行业统一的成本计算制度。后来杨继良在一篇文章中谈到这套制度："按行业统一的成本计算规程（制度），使成本核算切合行业生产特点，节省了企业自行设计的成本，而且使企业之间的成本完全可以进行对比。美国在 1980 年以后推广的绩效标杆管理，提倡对比其他先进企业的绩效，改进本企业的管理。但要仿效这个先进方法，需要先解决统一的核算制度问题。我国在第一个五年计划之前，就在全国范围内解决了这个问题。"

见证成本管理的"第一个黄金时代"

　　1956 年重工业部被撤销后，杨继良到了冶金工业部的成本管理室，担任有色组组长。

　　杨继良把改革开放前的中国成本会计和成本管理的发展划分为五个阶段：1948 年（东北全境得到解放）到 1952 年，企业从无到有建立了包括成本核算在内的各项财会制度；1953 年（开始第一个五年计划）到 1956 年，全国从成本核算到成本管理，有许多新的探索发展；1957 年"反右"和接着的"大跃进"，使刚刚建立起来的一些好经验被极左思潮无端否定；1961 年，中央提出"调整、巩固、充实、提高"方针，恢复了一些好的经验；接着，"文革"十年动乱，又一次毁了已经取得的好经验。

"可以说，这30年间，只有1953～1956年和1962～1966年这两个时段，广大的中国财会人员发挥了他们的聪明才智和爱国热情，创造了一些值得一提的经验。有人把这两个时段称之为两个'黄金时代'，这个比喻很是恰当。"

建国初期，我国将重工业作为发展重点，而钢铁工业作为重工业的代表，更是受到高度重视。1958年8月的"北戴河会议"又提出了"以钢为纲，全国跃进"的方针。因此，相比于其他行业，钢铁工业的成本会计和管理都先行一步，这两个"黄金时代"的成本会计和管理的先进经验大多发生在钢铁企业。

20世纪50年代初期，中央机关（工业部、局）关心的是大企业的成本和利润，要求各大企业及时上报所属各厂矿的成本报表。因为如果所属各厂矿的报表不及时，各大企业就更没办法管理。因此，成本计算制度设计出来后，成本计算的及时性（首先要解决各基层厂矿的成本计算及时性，随之解决各大企业的及时性）就成了一个迫切需要解决的问题。鞍山钢铁公司的"平行流水成本计算法"应运而生。

鞍山钢铁公司是全国首屈一指的联合企业，各个分厂分别完成钢铁生产的一个工序，后一道工序的分厂（例如轧钢）需要等待前一道工序的分厂（例如炼钢）算出上个月的单位实际成本，才能开始计算成本。很快，鞍山钢铁公司就想出一个办法：下道工序不要等待上一道工序的单位实际成本，而是先用上一道工序的单位计划成本来计算。这样计算出来的成本跟实际成本当然会有一个差额，这个差额由公司财务处去调整。这样，一个月结束时，各个分厂都可以同时开始计算成本了。鞍钢把这个做法取了个形象化的名字，叫"平行流水法"。

从这个成本概念出发，鞍钢进而制订各道工序半成品的"内部结算价格"，从而计算出各道工序的内部利润，形成了鞍钢的一套内部利润计算方法。各个分厂的领导人就会知道，鞍钢公司今年要实现多少利润，属于自己的任务又是多少利润。

与考核相对应的是激励。如何激励各分厂和员工呢？"如果在这样计算出的内部利润的基础上，给各个分厂以利润分成，那就能形成极大的物质力量，激励广大职工降低成本的积极性。"但这个想法当时却无法付诸实践。时任冶金部财务司长的安然曾向当时的财政部会计司司长杨纪琬提出过这个建议，可惜没有被采纳。

"大约在 40 年之后，也就是在 1997 年前后，杨司长到香港和我共处近两个月，写作那本《中国会计——理论与实践》，我提到这段故事。杨司长说，他也是无奈，当年国家财政实在太紧，不能让企业留存'奖励基金'，可惜了。"

开创于鞍钢的平行流水法，起初只是为了解决成本核算的及时性问题，后来自然演变为一种内部的经济考核制度。20世纪80年代起源于首钢的企业内部承包责任制，就脱胎于此，并且解决了关于物质激励的问题。

1957年"反右"之前，成本管理领域第二件比较重大的事，是在全国范围内推广的，被称为"群众核算"的"班组经济核算"。

"核算有两大类。一类，就是专业的核算，是财务人员在办公室里头算，和群众没有关系，和工人没有关系。那时的创意在于，要工人来算，要算到工人头上。我认为这件事情很伟大。"

班级经济核算的基本概念，是对最基层的工人组织（班组）所负责的经济指标及时核算（一般是按日），鼓励基层更好地完成指标。最常见的核算内容，包括原料的单位消耗、质量指标和产量指标。当时，鞍山钢铁公司有一个叫章一梁的会计师，翻译了苏联的"班组节约核算账"经验，并且亲自到鞍钢的小型轧钢厂蹲点，推广这个经验，并取得了成功。重工业部非常重视这个经验，在全行业范围内开展推广。

"当时财务司长安然说，这个办法鞍钢轧钢厂行得通，鞍钢其他的厂可行不可行？其他钢铁公司是不是可行？别的行业，比如说我那个时候管的有色金属企业可行不可行？各个行业都要可行，才能说这个经验有普遍的可行性。"

1954 年 12 月 24 日，《人民日报》发表题为《使经济核算成为群众性的工作》的社论，影响很大。班组经济核算于是被称为"群众核算"，以区别于财会专业人员所从事的核算工作。其实在这之前的 1952 年初，山西省大同煤矿就已有两个小组试行班组核算，继而在全矿推广；同年，天津钢厂推广该厂刘长福小组的核算经验，并在当年 9 月份的《工业会计》月刊发表了介绍这一经验的文章。山西和天津的经验，完全是在翻译苏联经验之前自发创造的。这一经验后来被归功于鞍钢，是因为从重工业部到《人民日报》有组织地做了推广，而大同和天津的经验，虽然内容相同，但其社会影响就小得多，甚至湮没不闻了。

亲历成本管理的"第二个黄金时代"

1956 年，由于出身不好，杨继良被认为不能管与军工有密切关系的有色企业，被调到冶金部建筑局，负责建筑局下属企业的班组经济核算。

1957 年"反右"，杨继良由于发表"右派言论"，差点被打成右派。"我讲的话中最严重的是：我们冶金部建筑局是管理建筑的，我们那一套（学苏联的）成本计算比较复杂，而

首先可以覆盖企业的各种岗位，灵活多样，打破了班组核算的局限性；第二，各项指标从上而下确定、逐级细化，形成一个指标链。具体来说，为保证完成国家下达的产量、品种、质量、成本、流动资金、利润等"八大指标"，大冶具体制订了分别由二级单位（厂矿、职能处）完成的 192 项指标，进而由三级单位（工段）分管的 346 项指标，再进而由四级单位（班组）分管完成的 1936 项指标，最后分解为岗位和工人的 9615 项指标。因为不同岗位所负的责任不同，所以虽然岗位和工人的指标近万项，但具体对某一个岗位来讲，不过五六项指标，分别确定计分标准，开展"百分制"劳动竞赛。

1965 年，杨继良被调到上海仪表局所属无线电仪器厂，担任生产计划科科长。很快，"文化大革命"就开始了。杨继良被变相撤职，"靠边站"，被下放到车间劳动了十年。"工厂里任务不足，又不能辞退工人。大家都在慢慢做。以我的能力，我可以做更多的事情，但我就在车间里'磨洋工'。就这样过了十年，可以说，是止步不前地拖过了十年。"

研究改革开放后中国管理会计的发展

"文革"结束后，杨继良的"右派言论"问题得到平反。他的英语基础本来就不错，平反后更是开始拼命地自学英语。他希望有一天能够到美国去留学。

经过一个朋友的介绍，杨继良参与了《英汉大词典》的编写。在编写词典的时候，杨继良用英文写了一篇成本管理方法的文章，题目就是"中国的群众核算方法"。《英汉大词典》的主编陆谷孙教授帮他修改后对他说："你的英语我看懂了。"这给了杨继良很大的鼓舞。"因为我用英文写出东西来，人家能看懂，这是我有生以来的第一次。"这篇文章后来发表在美国《管理会计》（*Management Accounting*）1981 年 5 月号。这期杂志以长城为封面，即杨继良的这篇文章被当作"封面/特写文章（cover/feature article）"。这是新中国成立后第一篇在美国发表的管理方面的文章。因为这篇文章，杨继良得以结识卢希龄教授，她后来介绍杨继良去香港科技大学任教；也因而认识了加州（伯克利）大学的会计系主任 George Staubus，使杨继良能得到他们的邀请，于 1985～1989 年去那里做访问学者。

1979 年，杨继良成为上海社会科学院经济研究二所会计研究室的一名研究人员。由于有英语的优势，以及对管理会计的浓厚兴趣，杨继良开始研读美国的《管理会计》，以及其他管理会计方面的英文资料。加上之前二十多年的实践经验和思考，杨继良开始从一个实务工作者成为管理会计的研究者。对于中国改革开放后在管理会计领域所取得的成就，他有很多自己的观察和思考。

计划经济时代，企业所有利润都要上缴，同样地，所有的费用、成本以至于亏损，也都找国家报销。20 世纪 80 年代，首都钢铁公司的领导周冠五提出一个建议，他说，这样"吃大锅饭"不行，跟农村一样，我们也要承包，承包上缴利润数（绝对值或比上年增加的百分比）。如果超额完成了，超过的数字就留给企业作为发展和奖励之用；如果没有完成，我就不拿。这个建议，很快得到了北京市政府的同意。后来，首钢又进一步提出，要长期承包，每年的利润增加 5%，如果承包 15 年，这 15 年里头会积累很多钱，这些钱可以拿来扩大生产，使生产增加一倍，不要政府另外投资了。这个承包 15 年的建议，也被国务院接受了，所以承包制推行了 15 年。

"这个承包制度为什么会有这么大的力量？就是因为在这个制度下面，首都钢铁公司的手里有钱了，它可以用这个钱一层一层地包下去，把大家的积极性都调动起来了，而且它就有钱用来鼓励大家，奖励大家，使大家完成得更好。但是承包有个很大的缺陷，就是发包方与承包方所掌握的信息量不对称，这是一个大问题。首都钢铁公司这次能完成多少，他心里是比较清楚的。但国务院或者是北京市政府不一定了解，这样信息就不对称了。"

"承包责任制"是计划经济向市场经济过渡环境下的产物，因为当时企业产品的价格实行"双轨制"，即一部分产品由国家调配，实行调拨价，另一部分面向市场，实行市场制。后来，随着市场经济的发展，调拨部分逐渐全部由市场决定价格，于是实行了税收制度，"承包责任制"也就没有存在的环境了。

到了 20 世纪 90 年代，管理会计领域最值得一提的成就，就是邯郸钢铁公司的"目标成本管理"。这时候，杨继良已经移居美国，但由于从前在冶金部工作的关系，得到了冶金部领导的特别关照，从而得以至少三次去邯钢实地考察研究，近距离地观察改革开放后在全国有深远影响的"邯钢经验"。

当时，邯郸钢铁公司面对一个特殊的情况：外国的钢铁，主要是韩国的钢材，大量卖到中国，他们的价格低，而我们的成本高，价钱也就比较高，跟韩国的钢材没法竞争。这样就促使邯郸钢铁公司的财务处长李华甫提出一个新的考核办法。他说，第一步炼铁，我们炼铁的成本必须要达到市场上的铁的价格；第二步就是用生铁为原料来炼钢、生产钢锭，这个钢锭价格也要以市场价格为标准来定价；第三步是轧钢，可能是两三道轧钢，生产出不同规格的钢材拿出去卖。这样一步步对各道工序的成本考核，都要以市场价格为基础。

李华甫说，"我们把这个做法称为'内部市场化'，就是把外部市场机制引进企业内部来了，这是一方面。第二方面是，你炼铁的成本要达到市场价格，那你的各项技术经济指标都要能达到先进水平。不是每个钢铁公司这些指标所达到的水平都是一样的。有的钢铁公司是这个指标比较好，有的钢铁公司是那个指标比较好。那就找某一项指标好的单位，学他这个指标怎么做好的。这样，通过借鉴各个企业的先进办法，就把每道工序的成本都降下来了。"

这个方法，概括地说，就是要以市场的价格倒过来逼我降低自己的成本，称为"成本倒逼"。除此之外，邯钢还有第二项措施。邯钢规定，一个分厂的成本如果达不到要求，即使另外各种指标完成得好，也没有任何奖励，这叫"成本否决"。

这些做法，实际上用到了很多以后我们认为的外国人的方法，比方说把市场的价格反映到我们的管理上来，这个在美国人的制度里头叫做"目标成本"。再比如，到各个地方去学习人家的先进经验，这就是美国人后来所说的"标杆管理"（benchmarking）。

"但李华甫并没有接触过美国的《管理会计》。在20世纪90年代时，只有'学术界'才有接触《管理会计》的机会。所以，他并不是参考了美国的理论，实行他的那一套做法的。李华甫说，他只是在遇到困难时，'朴素地'（这三个字是他的原话）想：市场价格远远低于当时邯钢的成本，怎么办呢？必须努力使自己的成本降到市价之下，于是必须实行'倒逼成本'；兄弟企业的技术经济指标的实际情况各有优劣，于是就必须派人去各个兄弟企业学习各家的长处。所以说，实践出真知。"

邯钢当时的激励机制也很有特点。邯钢规定，他们的最高一级领导所得的奖金，不得超过公司职工平均奖金的两倍（200%）；第二层干部（分厂厂长和各职能处处长）的奖金，不得超过公司职工平均奖金的 10 倍。"他们认为这种限制是很有必要的，能使普通职工觉得领导跟他们的距离不是很远，说的话能够有力量。"

感悟中外管理会计的异同

改革开放后，上海社会科学院的工作，以及良好的英语基础，为杨继良接触西方管理会计提供了机会。杨继良的管理会计研究也开始"走出国门"。1985 ~ 1988 年，他到加州（伯克利）大学做访问学者，以管理会计为研究课题。1991 年，他 60 岁那年，开始在阿拉斯加州立大学读书，并于 1993 年初得到硕士学位。1993 ~ 2003 年，他在香港科技大学会计系任教，并于 1996 年起讲授"中国会计"（China Accounting）课程。

1980 年前后，杨继良第一次读到美国的《管理会计》，感觉其中所讲的方法和自己之前二十多年的实际工作中所接触到的中国企业的成本管理方法有很多相似之处。

"正确的做法大同小异，他们的有些做法和我们的做法基本上是相同的，但是在有些地方也有不同的地方。但那些不同的地方不一定代表着他们的做法优于我们的做法，或者我们的做法优于他们的。各国的情况不一样，所以对同一事物的做法会不完全一样。比如预算制度，或者说计划制度就同时具备相似和相异之处。"

西方的管理会计有专门讲"营业预算"（operating budget）的。营业预算就是从测定销售多少产量开始，然后确定这些产量需要多少原材料、人工，分别编制出人工预算、材料预算，接着编制出成本预算，最后编制出利润预算。其实中国以前一向也有这么一个编制预算的制度，但是我们的名字叫作"生产技术财务计划"。

尽管我国的"生产技术财务计划"的做法和西方的做法不太一样，是先编产量计划，根据产量计划确定销售计划，然后要确定材料、人工成本，最后是利润计划，但杨继良认为，在这个问题上，我们的做法和西方的做法并没有原则上的区别。之所以会存在"美国的第一本账是销售的账，我们的第一本账是生产的账"这样的区别，是由特定历史时期两国不同的市场环境决定的。实际上，美国人也不是完全都是按照销售的账来确定生产的账，中国计划经济时代也不完全是按照生产的账来确定销售的账的。

再比如说我们在计划经济时代一直在用的“内部核算、内部利润核算”。“美国所讲的责任会计，跟我们搞的‘内部核算’，实际上是一回事，只不过它用不同的名字来叫。美国的这个做法来自实践，我们的做法，也是从实践中间来的。”

当然，还有另外一种相反的情况，就是我国的做法和西方的做法，很多人以为这两者是相同的，或者相类似的，但实际上是并不相同的。“比如标准成本。最初我就认为‘标准成本’和我们所用的‘计划成本’好像没有什么大的区别，都是衡量实际成本是否节约的准绳。但实际上美国那时候的标准成本法，至少在管理会计中提到的标准成本法，不完全是这么回事，要比这个做法前进一大步。实际上标准成本法是一种成本计算方法，是分步法、分批法之外的一种成本计算方法。”

杨继良意识到管理会计引入中国之后存在的另一个问题是，一些在西方曾经被吹捧为科学方法的东西，当西方已经认识到不适用时，我们可能还在追捧那个已经过时的方法。用回归分析把成本区分为固定成本和变动成本的“成本性态分析”，就是一个实例。

“美国著名的管理会计专家卡普兰（Kaplan）写的《高级管理会计》教材，在第一版和第二版中还提到这种方法，岁的高龄。但他仍然坚持做着翻译的工作。

事实上，很少有人在 50 岁之后仍然像他一样努力和奋斗。1985 年，他到美国的加州（伯克利）大学做访问学者时，已经 54 岁了。1993 年，当他在阿拉斯加大学获得管理硕士学位时，已经是 62 岁了。但从那时到现在，他几乎从没停止过工作。

他最后这样总结自己的一生，"我这个人不是很聪明，但是我非常努力，可以说是超过一般人的努力。我这一辈子就是努力的一生。对老天爷，对上帝施给我的一切，我尽力发挥了。我取得现在的成绩，不应该骄傲，但是我觉得我并不失败。我这一生，值了。"

（本文根据"会计口述历史"项目组对杨继良先生的采访速记稿整理，同时参考了杨继良先生的《从成本会计到管理会计》一文。）